メディアワークス文庫

怪盗の後継者

久住四季

目　次

PROLOGUE

十月三十一日、木曜日。

その日、東京《とうきよう》羽田《はねだ》空港行きの飛行機は、団体旅客の遅刻というトラブルのせいで定刻より五分ほど遅れたものの、その後なんとか無事に福岡《ふくおか》空港を飛び立った。

「――すまんな。わざわざこんなところにまで呼び立てて」

機内のシートに座った長谷《はせ》猛《たける》は、前方を見据えたまま、日本語と英語で繰り返されるアナウンスに己の声を紛れ込ませるようにそう言った。

すると長谷の隣の窓際シートに座った人物が、すっかり遠くなった地上の景色に目をやったまま、他人のような素振りで返事をよこした。

「――いえいえ、とんでもない。長谷先生がお忙しいことはよく承知していますとも。こちらこそわざわざお時間をいただいて、まさに恐縮の至りです」

こちらも男である。まだ若く、せいぜい二十七、八といったところだろう。しかし自栄党の衆議院議員であり、同党の青年局長も務める長谷を相手にしているというのに、臆する様子はまるでない。頬杖《ほおづえ》を突いて足を組み、とことんリラックスしている。おまけに小さな丸窓に映ったその口元には、どこかこの状況を楽しんでいるかのような、飄々《ひょうひょう》とした笑みすら浮かべていた。

「先生はよせ、嵐崎《らんざき》。そのふざけた敬語もだ。お前にかしこまられると、身体《からだ》のあちこちがむずがゆくなってくる」

「そうかい？　では、昔のように〝おタケさん〟とでも呼ばせてもらおうかな」

「……それはもっとよせ」

長谷がため息をつきつつ言うと、嵐崎と呼ばれた優男は小さく肩を揺らして笑った。

そんなちぐはぐな二人の密《ひそ》かなやりとりを、

「────」

そのすぐ後ろのシートに座った那須野慎平《なすのしんぺい》は、緊張で胃を痛くしながら、おそるおそるうかがっていた。

那須野は現在二十八歳。インターン時代を含めれば、衆議院議員である長谷猛の公設第二秘書を務めて、今年で三年目になる。

その那須野が、

「那須野くん。実は一つ、君にも知っておいてもらわなければならないことがある」

長谷からそう切り出されたのは、昨日の福岡行きの機上でのことだった。

今回の福岡出張は、地元後援会の様子うかがいという名目だった。おそらく来年、補正予算案が本会議を通ったあとに、機を見て解散総選挙が行われる。それに備え、今一度地盤を引き締めておこうというものだ。

しかし、地元行脚は年末になれば嫌でもやらなければならない。わざわざこの時期に、それもスケジュールの合間を縫って、というのはどうも妙だ、と那須野は考えていた。なので長谷から先の通り切り出されたときには、むしろおおいに納得したものだった。

なるほど、愛人か——那須野は一人でそう合点した。

長谷は妻子ある身だが、三十四歳とやはりまだ若い。冗談の一つも口にしなさそうな堅物めいた気配を漂わせてはいるが、案外洒落《しゃれ》は通じるし、メタルフレームのスクエア眼鏡をかけた顔立ちはシャープで、頭も切れる。言い寄る相手が一人や二人いたとしても、いっこうにおかしくはない。

今回の出張に政策秘書や第一秘書の同行がなかったことも、その想像を裏付けていると思われた。きっとこれまでの働きが評価され、ようやく自分も《チーム長谷》の一員として秘密を共有させてもらえるに至ったのだ、と。

もちろん那須野は、その信用に全力で応えるつもりでいた。長谷猛こそ、いずれ間違いなくこの国を背負《しょ》って立《た》つ政治家だ。その敬愛すべき先生に認められて、光栄以外の感情などあるはずがない。

「もちろん心得ています！　何でもおっしゃってください、先生！」

調子よくそう答えた直後、長谷からおもむろに言い含められたのは、那須野の俗な想像をはるかに裏切る衝撃の事実だった。

……いっそこの男が先生のそういう相手だとでも言われたほうが、どれだけよかったことか。

内心でそうぼやきながら、那須野はきりきりと痛む胃をさすった。

「今回もよくやってくれた、嵐崎。感謝している。金は指定のやり方で振り込ませておいた」

「ああ、確認したよ。ただ打ち合わせよりも額が大きかったようだが、あれは一体どういうことかな？」

「他意はない。俺の個人的な判断だ。何も言わずに収めておけ」

「やれやれ、相変わらずの気遣い屋だねえ。そんな調子であちこち気を回していて、ストレスにならないのかい？　この先の長谷さんの頭髪の具合がおおいに心配だよ、私は」

「ふん。その程度で万事うまく運ぶのなら、むしろ安いものだ」

嵐崎の軽口に、長谷は真面目くさった調子で言う。

嵐崎は、やはり目も合わせないまま口の両端を上げ、

「わかった。ありがたく頂戴しておくよ」

「重畳だ」

「それを言うのならこちらこそ、いずれこの国の新しいリーダーとなる人物に力添えできることを嬉《うれ》しく思うべきかな？」

その世辞に、長谷もふっと皮肉な笑みを浮かべるのがわかった。

「お前みたいな泥棒と通じる政治家でもか？」

「清濁あわせ呑《の》む器の大きさこそ、政治家には肝要さ」

……そう。

この嵐崎という優男の正体――それはなんと泥棒なのだという。それも、ただのコソ泥の類ではない。

先日、とある資金管理団体にプールされていた五千万円という多額の政治資金が、一夜にして何者かに盗まれるという事件があった。何を隠そうそれをやってのけたのが、どうやら目の前にいるこの優男であるらしい。おまけに、その仕事を彼に依頼したのが、他ならぬ自分の上司――長谷猛だというのだ。

昨日、福岡に向かう機上でこの話を聞かされたとき、那須野は真っ先に何かの冗談だろうと思った。

「驚かせてすまない。だが、すべて事実だ」

しかしシートに座った長谷の横顔はいたって大真面目であり、那須野は真夏に日なたで放置されたペットボトルのごとく、みるみる冷や汗が止まらなくなった。

——巨額の金を盗み出すプロの泥棒と、それを利用する新進気鋭の若手政治家。

……もしこんなとんでもない関係が世間に知れたら、長谷はもちろん、その秘密を共有させられていた自分も、一体どうなってしまうのだろうか。

ぽーん、というアラームとともに、頭上のベルト着用サインが消えた。同時に、機内の空気も弛緩《しかん》する。那須野も緊張に耐えかね、たまらずネクタイをゆるめた。

「嵐崎。一ついいか」

「なんだい」

長谷が肘かけに頬杖を突く一方、嵐崎はシートポケットから一冊の本を取り出し、片手で開いた。タイトルはわからないが、英字で書かれたペーパーバックだった。

「やり方を改めるべきだ」

「しつこいね。またその話かい？」

小さく肩をすくめてみせる嵐崎に、長谷は前方に目を向けたまま続けた。

「別に盗みをやめろと言うんじゃない。これしか手がないことは俺も重々承知しているからな。ただ、俺も園の一員だ。やつへの報復が目的なら、決して他人事《ひとごと》じゃない。情報や資金を提供するだけでなく、もっと直接的な協力を――」

「そんなことより長谷さん。ディケンズはもう読んだかい」

嵐崎はそう言いながら、手元のペーパーバックを小さく振ってみせた。どうやら今読んでいる本がそうらしい。

まるで脈絡のない呑気《のんき》な返事に、長谷は嵐崎のほうに顔を向けようとする。

「おい嵐崎、真面目に聞け。俺は――」

しかし。

「――おタケさん」

嵐崎が冷や水を浴びせるように短く声をかけ、すんでのところでそれを止めた。

長谷が口をつぐんだ隙に、視線をページに注いだまま言う。

「おタケさん自身はそれでよくても、おタケさんの周りには、もうおタケさんのことを信じて頼りにする大勢の人間が集まっているんだ。育ててくれた長谷のご両親や家族にも迷惑がかかる。これ以上の危ない橋は渡るべきじゃない。それに――」

そこで嵐崎は、早くもそれが待ち遠しくてたまらないといったような、朗らかな笑みを浮かべ、

「――厳重な監視。堅牢《けんろう》なセキュリティ。それらを破って獲物を盗み出すあの快感。泥棒は、まさに私の天職だ。餅は餅屋。盗みは泥棒に任せておくのが一番さ」

その返事に、長谷は頭痛でもこらえるかのようにこめかみを押さえた。

「まったくお前というやつは……。捕まっても知らんぞ」

「そのときは、匿名で保釈金の用意を頼むよ」

処置なしとばかりに深いため息をつく長谷と、小さく肩を揺らして笑う嵐崎――この二人が一体どういう関係なのか、那須野はまだ詳しく聞かされていない。

ただ、

「………」

そのやりとりの内容や、何より両者の間に漂う気安い雰囲気から、想像していたよりもずっと深い間柄なのだろうということだけは察せられた。

それでもしばらく何か言いたげにしていた長谷だったが、やがて眼鏡のブリッジを押し上げ、

「わかった。もう言わん。――仕事の話に戻ろう」

そう仕切り直した。

「〝総裁選〟の執行が決まった」

返事はなかったものの、ペーパーバックのページを見つめたままの嵐崎が、神妙に耳を傾けていることは気配でわかった。

「結局は現内閣すらも、あの男の手のひらの上だったというわけだ。このままではあの

男が党の総裁となり、やがて新たな首相となる。その前に、何としても手を打たなくてはならない」

苦々しさを滲《にじ》ませて語る長谷に、嵐崎が訊《き》いた。

「総裁選の日程は？」

「今のところ十二月二十日で調整されている。つまり、猶予はあとほんの一ヶ月程度だ。それまでに、あの男を失脚させるための確実な証拠が欲しい」

「なるほど。証拠の保管場所は？　議員会館かい」

「いや――」

長谷は言った。

「生憎《あいにく》、それとはくらべものにならないほど厄介な場所だ」

詳しい情報はこれに入っている、とジャケットの内側から黒いＵＳＢメモリを取り出す。差し出されたそれを、嵐崎は目も向けないまま受け取り、ポケットにしまった。

「たしかに」

「頼む」

短いやりとりのあと、長谷は逡巡《しゅんじゅん》の気配を漂わせてから続けた。

「……嵐崎。釈迦《しゃか》に説法だろうが、充分に気をつけろ。やつは危険だ。ジャバウォックの手の内もよく知っている」

その単語を聞いて、那須野は思わず小さく身を乗り出した。

〝ジャバウォック〟

それはいつの頃からか噂《うわさ》されるようになった、ある正体不明の泥棒の名前だ。

その仕事の数々だけがまことしやかに語られ、一時期、新聞や週刊誌、テレビ、ネットのニュースでは〝怪盗〟などと半ば都市伝説のように取り上げられていた。その素性を巡っては様々な憶測が飛び交い――それはあくまで窃盗集団の名前であり、その名で呼ばれるべき特定の個人は存在しないとするものや、そもそもそんな泥棒などいはしないとするものまで――その真偽は杳《よう》として知れない。そういえば近頃はめっきり話を聞かなくなったが……まさかこの嵐崎が、その〝ジャバウォック〟だとでもいうのだろうか。

はたして当の嵐崎は、猫めいた澄まし顔を浮かべると、

「――それぐらいのほうが、盗み甲斐《がい》があるというものさ」

心底楽しげに、そう嘯《うそぶ》いてみせた。

やがてキャビンアテンダントがドリンクのサーブにやってきた。長谷はミネラルウォーターを、嵐崎は紅茶をオーダーする。もちろんそのときには、二人は互いに視線を合わせようともしなかった。

ドリンクを受け取る際、一瞬シートの隙間から嵐崎の顔が覗《のぞ》いた。

なんとなく那須野がその横顔から目を離せないでいると、不意に嵐崎のほうがこちらを向いた。そして悪戯《いたずら》めいた調子で、そのアーモンド型の片目を閉じてみせる。おそらく背後で那須野が聞き耳を立てていたことも最初からわかっていたのだろう。那須野はぎくりとした。

しかし嵐崎は那須野のリアクションなど気にする素振りもなく、機嫌よさげにＣＡから紅茶のカップ、それにチョコレートとナッツももらうと、くつろいだ様子でシートに背を預け、再び呑気に本を読み始めた。ペーパーバックは分厚く、五百ページはありそうだ。到着まで一時間半。おそらくフライト中に読み切ることはできないだろう。

だが。

おそらくその物語に勝るとも劣らない事件が、これからこの飛行機の向かう先で始まるのだ。


本を読んでくつろぐ嵐崎と、イヤフォンで音楽を聴き始めた長谷、そしてひたすら全身から冷や汗をかき続ける那須野——まさに三様の三者を乗せた飛行機は、その後、何一つトラブルもなく、順調に東京へと飛び続けた。

MISSION. 1　勧誘

1.

十一月十四日、木曜日。

ようやく四時間目の講義が終わったので、長机の上に広げていた荷物をメッセンジャーバッグに詰めて立ち上がった、そのときだった。

「……うっ」

ふと誰かからじっと見られているような気配を覚えて、柏手《かしわで》因幡《いなば》は思わず身震いし、うめいた。そしてすぐに、またか、とげんなりする。

そう、またなのである。

何者かからの妙な視線——因幡がそれを頻繁に感じるようになったのは、今年の四月、この私立城翠《じょうすい》大学に入ってすぐの入学式からのことだった。

そもそも入学式など、わざわざそのためだけにスーツを用意しなければならないのが

どうしてももったいなく思え、因幡はサボるつもりでいたのだが、

「あのねえ因幡、スーツのお金ぐらい出してあげるから、式にはちゃんと出なさい。今は無駄に思えても、そういうのが後々大切な思い出になったりするものなんだから」

　母の有子《ゆうこ》がしつこくそう言うので、

「……わかったよ。わかったってば」

　渋々顔を出したのだった。

　しかし慣れないスーツを着込み、学内の講堂で理事長の挨拶に耳を傾けていた、そんなときだ。

「……ん？」

　因幡はふと、誰かにじっと見られているような、妙な違和感を覚えた。

　大っぴらに辺りを見回すわけにもいかないので、ちらりと左右を確認してみる。が、列席した新入生や関係者は皆前を向いており、誰も自分のことなど見ている様子はない。

　……ただの気のせいか。

　首をかしげつつ、そのときはそう考えた。

　が、やはりその違和感は間違いでなかったと、因幡はすぐに思い知らされることになった。

　なぜなら以後、講義でノートを取っている最中や次の講義室へ移動している道すがら、

さらには学食で定食のアジフライにかぶりついているときなど、まさに大学構内のいたるところで何者かからの視線を感じるようになったからだ。

たちまち因幡は恐怖に慄いた。

……ま、まさかストーカー？　でも自分みたいな何の変哲もない学生を、わざわざストーキングする人間なんているだろうか。それとも、やっぱりただの勘違いとか？

そんな調子でぐるぐると考え込み、入学早々落ち着かないキャンパスライフを送っていた因幡は、しかしあるとき、ふと気づいたのだった。

自分が誰かに見られていると感じるとき、その場には必ず、ある一人の人物が居合わせているということに。

「…………」

因幡はおそるおそる辺りに目をやった。二百人は座れる大講義室は、学生たちの喧騒《けんそう》で満ちている。因幡と同じように荷物をまとめて席を立つ者や、寝ていたのでノートを貸してくれと友人にせがむ者、スマートフォンで電話をかけ始める者など様々だ。

そんな中、心当たりの人物は講義室前方の教壇隅にいた。講義を終えて出ていこうとしたところを、質問に来た――その実、雑談目的の――女子たちにつかまったらしい。

「ありがとうございました、嵐崎先生」

「先生、教え方がすごく上手だからわかりやすかったです」

「なあに。こちらこそ君たちのような熱心な学生が相手なら、教え甲斐もあるというものさ」

笑顔でそう応じているのは、嵐崎望《らんざきのぞむ》だった。彼は文学部の助教で、因幡も受講する一般教養科目『英文学Ⅰ』を担当している。

まだ二十七歳と、他の講師よりも圧倒的に若い。やや内巻きの癖毛に猫のようなアーモンド型の瞳、整った鼻梁《びりょう》をした、絵に描いたような美形の優男で、いつも口元には笑みを形作っている。すらりとした長身に折り目正しいシャツとベスト、スラックス、その上からチェスターコートを羽織ったスタイルは、まるでモデルのような佇《たたず》まいだ。学生と歳《とし》が近く、おまけに美形で話も上手《うま》いとなれば、彼の講義が人気で、その周囲から常にひと気が絶えない――どちらもほぼ女子学生限定だが――というのも、ある意味自然なことだろう。

が。

一体なぜだろうか。因幡には、そんな本来人好きするはずの彼の笑顔が、どうにも胡《う》散臭《さんくさ》いものに思えて仕方なかった。まるで皆に見せているのは体裁のいい表の顔でしかなく、裏には別の顔を隠し持っているかのような――

「…………」

……いやいや、これじゃただの僻《ひが》みまじりの偏見だ。根拠もないのにどうかしてる。

因幡は首を振って自分勝手な考えを振り払うと、バッグを斜めにかけ、講義室を出ようと振り返った。

しかし講義が終わったばかりで、後方の出入り口はまだ混雑していた。仕方なく、講義室前方の出入り口に向かって階段を下りていく。

と、

「——おっと？」

不意にそんな声が聞こえ、因幡は顔を上げた。

すると教壇の嵐崎が、ちょうどA４用紙の束を抱え直そうとしているところだった。講義中に回収した内容理解を問うためのアンケートで、それが腕の中からすべり落ちそうになったらしい。

しかし彼は、その拍子に教壇の端から足を踏み外した。それこそ、おっと？という顔のまま身体ががくんとかしぎ、周囲の女子たちが、え、という表情を浮かべる。咄嗟《とっさ》のことで、誰一人まともに反応できていなかった。——すでに階段を下り切っていた因幡以外は。

「……あ、危ないっ！」

因幡は咄嗟にそちらへ駆け出していた。転倒する寸前の嵐崎に手を伸ばす。同時に、嵐崎の手からすべり落ちたアンケート用紙の束が、ばさっと床に広がる。

だが嵐崎自身は、すんでのところで因幡に支えられ、転倒を免れていた。

自分に何が起こったのかわからないといった顔つきで二秒ほど目をしばたたかせていた嵐崎は、すぐに状況を悟って、

「――やあ、ありがとう青年」

人の腕の中で斜めに崩れた妙な体勢のまま、因幡に向かって微笑《ほほえ》んでみせた。

「おかげで助かったよ」

「い、いいえ……」

それより……さ、さすがに重い。早く自分の足で立ってほしい。

「ち、ちょっともう嵐崎先生、気をつけなよー」

「ははは。驚かせてしまったねえ」

その場にいた女子たちから友人のように気安くたしなめられた嵐崎は、立ち直って飄々と笑った。足元に落ちたアンケート用紙を因幡が拾い集めると（嵐崎や女子たちにまじって手伝った）、それを受け取りながら、

「本当に助かったよ、青年。必ずお礼はするから、ぜひそのつもりでいてくれたまえ」

「い、いいえ、別にそこまでしてもらうようなことじゃ……」

大袈裟《おおげさ》な礼を言う嵐崎に、因幡は慌てて両手を振った。すぐに、失礼します、と軽く会釈し、踵《きびす》を返《かえ》す。

講義室を出るとき、ちらりと振り返ってみる。すると、すでに嵐崎は女子たちとの会話に戻っていた。たった今の礼も、ただの社交辞令だったかのような素っ気なさである。

「…………」

この半年近く、自分に妙な視線をよこし続けているのは嵐崎望なのではないか。

因幡はほんの少しだけ、そう疑っていた。

ただ、

……一体どうして嵐崎がそんなことを？

いつもその疑問にぶつかり、結局自分の疑念を確かめられずにいた。

「……まあいいか」

小さく息をつき、そう呟《つぶや》く。

そもそも、こんなよくわからないことに構っている暇などない。今日も昨日と同じように、自分と母——家族二人がつつがなく過ごせるようにするだけで精一杯なのだから。

それ以外のことを気にかける余裕など、今の因幡にはとてもありはしないのだった。

今日は久しぶりにバイトもないので、スーパーで夕飯の食材を買ってまっすぐ自宅に帰る。それから米を研いで炊飯器にセットし、洗濯器を回す。その後はレポート執筆用に図書館で借りた資料を読むつもりだった。

が、

「……ん？　あれ？」

城翠大のキャンパス正門を出て宮益坂《みやますざか》を下り、渋谷《しぶや》駅の改札にたどり着いたところで、因幡はそれに気づいた。

ボトムのバックポケットに入れていたはずの財布が、いつの間にかなくなっている。

「え！　いやちょっと待った、嘘《うそ》だろ!?」

大慌てですべてのポケットを裏返し、メッセンジャーバッグも逆さにする。しかし、やはり財布は影も形もなく、因幡はたちまちその場で崩れ落ちそうになった。

現金もICカードもすべて財布の中だ。スマートフォンはあるが、こちらには電子マネーをチャージしていない。自宅は都内なので帰れないことはないが（徒歩だと一時間近くかかるが）、有り金すべてを失ってしまったことが何よりもショックだった。

……ああもう一体どこで落としたんだ。少なくとも学食で昼を食べたときにはあったはずなのに。

地の底に沈みそうな気分で肩を落とした、そのときだった。

「――ああ、いたいた。おおい、青年！」

最初は自分が呼ばれているのだとは気づかなかった。ただ顔を上げ、妙に陽気なその声に振り返った因幡は、

「……え？」

そこに見知った人物がいたので目を見開いた。

「いやあ、会えてよかった。駅にいなかったらどうしようかと思ったよ」

嵐崎望だった。

どうやら因幡を追ってきたらしい。呆気《あっけ》に取《と》られる因幡の前で、ふう、と息をつくと、口の両端を上げながらコートのポケットに手を入れ、あるものを取り出した。

「講義室に落ちていたんだが、これ、君のじゃないかな？」

ファスナーが付いたナイロン製の財布である。間違いなく因幡のものだった。

「あ——そ、そうです！　僕のです！」

ほんの一瞬、何かがおかしいような気がしたものの、財布が戻ってきた安堵《あんど》がそんな疑問を即後回しにさせた。両手で財布を受け取り、腰が抜けるほど脱力する。

嵐崎は微笑み、

「それならよかった。ああ、一応中身をチェックしてくれたまえ。あとになって現金が足りないなんてわかったりしたら事だ」

「い、いやそんな……」

さすがにそれは届けてくれた人間を疑うようで気が引けたが、当の嵐崎が鷹揚《おうよう》に促すので、因幡は、それじゃあ、と遠慮がちに財布を開いた。幸い紙幣や小銭、ＩＣカードなど、いずれもきちんとそろっているようだ。再び安堵の息をついた因幡は、そこで肝心の礼がまだだったと気づき、慌てて頭を下げた。

「あ、あの！　本当にありがとうございました！　おかげで助かりました！」

「とんでもない。こちらこそ、さっきは危ないところを助けてもらったばかりじゃないか」

そこで嵐崎は、ふと何か思いついたような顔になると、

「そうだ青年、今から少し時間はあるかい？　よければ一緒にお茶でもどうだろう」

と、唐突にそんな提案をしてきた。

「え？　いやあの……どうしてですか？」

「そこはそれ。必ずお礼をするというさっきの約束を、私に果たさせてくれたまえよ」

にこやかだが、妙に有無を言わさない笑顔でぐいぐい来る。

因幡は目を白黒させつつも、財布を届けてもらった義理もあり、つい、

「は、はあ……」

その提案に押し切られてしまった。

二人は駅から一番近場の、井の頭通りにあるファーストフード店に入った。

「……あの、お待たせしました」

カウンターで買った紅茶を、因幡は二階のテーブル席で待っていた嵐崎に差し出す。

「やあ、なんだかすまないねえ。誘ったのはこちらなのに」

「いえ全然。でも、本当にこんなのでよかったんですか?」

礼をすると嵐崎は言ったが、因幡はむしろ礼をすべきはこちらだろうと考え、払いは自分が持つと伝えた。すると嵐崎は固辞する代わりに、このファーストフード店を指定したのだ。おそらく学生である因幡の懐事情を考えてのことだろう。もちろんありがたかったが、はたしてこれでちゃんと礼になっているのだろうか、とも思う。

「なあに、これはこれで趣《おもむ》きがあるというものさ」

しかし嵐崎は気にした様子もなくそう言うと、足を組んでチルドカップの蓋を開けた。

「……はあ、それならいいんですけど」

因幡も向かいの椅子に腰かけ、同じく一杯百円のストレートティーに口をつけながら、

「ところで、あの」

先生、と呼ぼうとしたものの、せいぜい兄程度にしか歳の離れていない彼には、やはりどうにもそぐわない気がして、こう言った。

「——嵐崎さん」

「なんだい」

因幡は小さく頭を掻《か》きながら、

「いやその、ちょっとお訊きしたいんですけど……僕の財布は、講義室で拾ってくれたんですよね？」

「ああ。どうやら私を助けてくれたときに落としてしまったらしいね。すぐそばの床に落ちていたよ」

「そう、ですか……」

予想通りの答えだった。今日は学食が混んでいたので、因幡は三時間目のあとに遅めの昼食を食べてから大講義室へと向かったのだ。そのとき財布をポケットに入れた記憶はしかとあるので、生地に穴でも開いていない限り、落としたのはそこ以外にあり得ないだろう。

ただ。

嵐崎の転倒を防いだあと、因幡は床に落ちたアンケート用紙を拾っている。もしそこに財布が落ちていたのであれば、間違いなく気づけたのではないだろうか。

その辺りに妙な辻褄《つじつま》の合わなさを感じ、どうにも釈然としないでいると、

「どうかしたかい？」

嵐崎が訊いてきた。

「あ、い、いや……何でも」

因幡は慌てて顔を伏せる。

そんな何か言いたげな様子の因幡に、嵐崎は含みありげに、ふむ、と声を出すと、

「——たしか、二十三回だ」

唐突にそう言った。

「え？　な、何がですか？」

「もちろんこの半年間で、君が私の視線に気づいた回数だよ」

「…………」

一瞬何を言われたのかわからなかった。

嵐崎は湯気の立つ紅茶を手にして言う。

「いやあ、遠くから視線を送るだけでも、すぐにこちらの気配を察してしまうのだからお見それしたよ。まさに動物的な勘のよさだ。とはいえ、実際にはその倍は視線を送ったりあとをつけたりしていたわけだから、まだ完璧とは言えないがね」

しばらくして、ようやく戸惑いとともにじわじわ理解が追いついてきた。

つまり、これまでずっと因幡に妙な視線をよこしていたのは自分であると、嵐崎ははっきり認めたのだ。しかもそれは同時に、因幡がずっと嵐崎に対して疑いを持っていたことに、嵐崎のほうも気づいていた、ということでもある。

「ち、ちょっと待ってください！　どうしてそんなこと……」

訳がわからず怯《ひる》む因幡に、嵐崎は悩ましげな表情を作ると、

「実は、ずっと前から君と話がしたくてねえ。だが、突然近づいていっても警戒させてしまうだろう？　だから、何か自然なきっかけでもないものかと様子をうかがっていたんだ。ただ、どれだけ待ってみても、そんなものいっこうに訪れる気配がない。というわけで、今日は自分でそれを作ってみることにしたんだ」

「……はい？」

……きっかけを作った？　それって一体。

瞬きする因幡に、嵐崎は朗らかな笑みを浮かべて言った。

「実はさっき君に助けてもらったとき、ポケットから財布を失敬させてもらった。ああ、悪く思わないでくれたまえ。あの場には他の学生もいただろう？　だから誰にも邪魔されず、改めてこうして接触する口実が欲しかったんだ」

「え」

絶句する。

……失敬した？　それはつまり、自分の財布を盗んだということか？

事実をうまく呑《の》み込《こ》めない一方、しかし因幡は、心のどこかで納得してもいた。自分が財布を落としたのだとすると、先の通りどうにも辻褄が合わない。だが、財布は誰かの手で意図的にポケットから抜き取られたとすれば、それも解消されるからだ。そして、その機会は嵐崎と接触したあの一瞬にしかなかった——。

「…………」

いやいや、と内心で首を振る。それでも、自分を含め周囲の誰からも気づかれずに財布をスリ盗《と》るなんて、口で言うほど簡単なことではないはずだ。どう考えても真っ当ではないそんな技術を、大学のいち助教が平然と身に付けているはずがない。

途端に恐怖と胸騒ぎに駆られ、因幡は椅子ごと大きく身を引いた。

「……い、一体何が目的なんですか」

「まあまあ、そう警戒しないでくれたまえよ。何か危害を加えるのが目的なら、こんなにあっさり盗みを白状したりはしないさ」

嵐崎はリラックスしたまま、まるで悪びれる様子もない。

因幡は慌てて腰元を探り、危なっかしい手つきでスマートフォンを取り出した。いつでも通報できるよう、モニターに指をかける。

それでも嵐崎は余裕の態度を崩さず、

「無駄だよ、青年。通報したところで、どうせ私は捕まらない」

そんな不遜きわまる台詞《せりふ》を口にする。

……こっちの動きを牽制《けんせい》するためのはったりに決まってる。

因幡は即座に言い返した。

「そ、そんなわけないじゃないですか。名前や大学もわかってるんですから。警察に通報すればすぐに──」

「名前はともかく、私が大学に届けている情報はすべて偽物だよ」

「……はい？」

思わず呆《ほう》けてしまった。

「に、偽物？」

「現住所や連絡先はもちろん、雇用時に履歴書に記載した出自や英国の大学を卒業したという経歴、それに教授からの推薦状まで、文字通りすべてね。だから今すぐ君の目の前から姿を消して、そのまま二度と現れないこともできる。十年かかったところで、警察には私の足跡すら見つけられないだろうね」

因幡は口元を引きつらせた。

「ど、どうして、そんなことまでして……」

「城翠大に潜り込んだのかって？　君と話をするためだと言ったじゃないか、青年」

そう言って微笑む嵐崎に、因幡は恐怖のあまり、いよいよ二の句が継げなくなった。

つまり嵐崎は、自分とこうして話をするというただそのためだけに、経歴を偽って因幡の大学に潜り込み、あまつさえ助教として学生たちに講義まで行っていた──そう言っているのだ。どう考えても普通の人間のやることではない。

……い、一体何なんだこの人。

これまで自分とは無関係な、ただの助教としか思っていなかった――しかし今や、その経歴と身分を偽り、人の財布をスリ盗ったことまで堂々と認めた得体の知れない優男は、猫のようなアーモンド型の片目を閉じると、

「――さて青年。いきなりこんなことを言うと驚くかもしれないが」

心底楽しげに、さらにとんでもないことを因幡に提案してみせたのだった。

「君。私と一緒に、泥棒をやってみないかい？」

2.

スーパーで夕飯の食材を買って自宅に帰った因幡は、米を研いで炊飯器にセットし、洗濯機を回した。それから畳に座り込み、図書館から借りてきた資料を開いた。タイトルは倫理学の解説書である。レポートの提出は今週の金曜日。奨学金の貸与にも関わるので、万が一にも単位を落とすわけにはいかない。できれば今日か明日中には、該当箇所を読み切ってしまいたかった。

「…………」

しかしどれだけページをめくってみても、今は内容が一片たりとも頭に入ってこなかった。むしろ時間が経《た》てば経つほどむかむかと苛立《いらだ》ちが募って、集中を阻害される。

胡坐《あぐら》を掻いた足を揺すりながら、ひたすらページを行きつ戻りつしていると、

「ただいまー。ごめんごめん因幡、遅くなっちゃって……って、うわ、なんでこんな真っ暗な中で変な恰好《かっこう》して本読んでんのよ」

やがて母の有子《ゆうこ》が帰ってきた。

いつの間にか、仰向けで伸ばした両足を壁につけるという逆さのＬ字になり、ただただ顔の上に本を乗せているだけになっていた因幡は、

「え？——うわ！」

その母の呆《あき》れ声に、慌てて体勢を崩した。

「ご、ごめん、夕飯作るの忘れてた！　っていうか洗濯物もまだ洗濯機の中だ……」

母は狭い玄関で靴を脱ぎながら、

「んー？　いいっていいって。言ったじゃない。因幡ももう大学生なんだから、付き合いとか自分の時間を大切にしなさいって。それより今日は何買ってきてくれたのよ？」

「えっと、しいたけとか。バターで炒《いた》めようかなって」

「あそう。じゃあ夕飯は私が作るから、因幡は洗濯物干しといて」

「ん、わかった。……あの、ほんとごめん」

「だから謝んなくていいって言ってるでしょ」

悄然《しょうぜん》とする因幡に、母は、仕方ないな、とばかりに肩をすくめる。

同年代の平均身長を大きく下回る因幡とは対照的に、母の柏手有子は女性としてそれなりに背が高いほうだ。年齢は四十過ぎで、大手生命保険会社の外交員として働いている。長い黒髪をアップにまとめ、オーバル型の地味な眼鏡をかけたスーツ姿は、細かいことにこだわらない本人の気性も相まってか、小ざっぱりとしている。朝から晩まで働き詰めで疲れているはずなのに、いつも明るくさばさばとした母を、因幡は心から尊敬し、また同じぐらい申し訳なくも思っていた。だからせめて少しでも負担を軽くしようと積極的に家事を引き受けているのだが、今日はすっかり他のことに気を取られ、やらかしてしまった。

……まったく。それもこれも、全部あの人のせいだ。

因幡は内心でそう毒づきながら、洗濯機から脱水済みの洗濯物をかごに取り出した。

三十分後、因幡と母の二人は居間で食卓を囲んだ。しかし黙々と箸と口を動かすだけの因幡を訝《いぶか》しんだのか、母はこう訊いてきた。

「ちょっと因幡、ひょっとしてまだヘコんでるわけ？　気にしなくていいって言ったじゃない。あ、それとも、しいたけの味付け変だった？」

「え？　あ、いや全然！　ちゃんと美味《うま》いよ」

因幡は焼き目の付いたしいたけを白飯と一緒に頬張った。それを咀嚼《そしゃく》してから、

「そうじゃなくて……実は今日、学校の帰りに変な人に絡まれちゃってさ……」

「え、何よそれ。宗教の勧誘とか？」

母は露骨に眉をひそめた。

正面から訊き返されたものの、因幡は口ごもってしまった。よくよく考えてみればこんな話、母に詳しく説明できるはずもないのだ。

「い、いやまあ大丈夫大丈夫。もう関わらないようにするから」

結局、強引にそうごまかした。

母はなおも眉をひそめていたが、

「……何か困り事があるんならちゃんと言いなさいよ？　因幡はいつも一人で抱え込んで、一人で解決しようとするんだから」

「わ、わかってるって」

おざなりな返事をする因幡に、母は、本当に？　と疑いの眼差《まなざ》しを向けてくる。因幡はそれをぎこちない笑顔でかわした。

因幡は現在、ここ幡《はた》ヶ《が》谷《や》にあるアパート《コーポ国近《くにちか》》の二〇一号室で、母の有子と二人暮らしをしている。今も昔も因幡にとっては母と自分――家族がつつがなくやっていくことが一番の関心事だ。

だからこそ――

「…………」

因幡は、小鉢から音を立てて酢の物をする。

そう——だからこそ今日、突然妙な話を持ち込んできた嵐崎に、因幡はこうも苛々《いらいら》させられているのだった。

「——青年。君は自分の父親のことを、どれぐらい知っているのかな？」

「……はい？」

ファーストフード店で、嵐崎から何の脈絡もなくそう訊かれ、因幡は戸惑った。

父親のことをどれぐらい知っているのか。そう問われれば、因幡の答えはこうだった。

——そんなの、何一つとして知ったことじゃない。

そう。因幡は父親の顔はおろか、名前すら知らなかった。そもそもこれまで、自分の父親が一体どこの誰なのか、気にかけようとしたことさえないのだ。

物心ついたときからいないものはいなかったし、それに引け目を感じたこともなかった。自分の家族は母一人。それで充分——いや、充分以上だったからだ。これまで一度たりとも姿を見せず、連絡もよこさない、そんな父親、どうせろくなものじゃないに決まっている。そう考え、意識から徹底的に排除してきたというのもある。

ただ、どうして今ここで、いきなりそんな話題が出てくるのか。そもそも因幡が父親について何も知らないであろうことを、なぜ嵐崎は承知しているのか。

そんな当然の疑問を抱き、因幡が眉をひそめると、嵐崎はその反応から因幡のおおよその事情を察したらしい。なるほど、と軽く頷《うなず》き、

「では父親がどこで何をしているか、知りたくないかい」

と訊いてきた。

さすがに疑問が口を衝《つ》いて出る。

「……ちょっと待ってください。どうして嵐崎さんがそんなこと知ってるんですか」

「さて、どうしてだろうね？」

もったいぶった態度にむっとした。憮然《ぶぜん》として顔を背け、

「……いいですよ。別に知りたくないですし。そんなこと」

「おっと。そんなに性急に結論を出してしまうのかい？」

肩をすくめる嵐崎。それこそ知ったことじゃない、と因幡は思う。むしろ、こんな怪しげな話に真面目に耳を傾けるほうがどうかしているぐらいだ。

とはいえ、さすがにそれは嵐崎のほうも承知の上だったらしい。頑《かたく》なな因幡の態度に苦笑しつつも執拗《しつよう》には食い下がらなかった。紅茶を飲み干すと、コートのポケットに手を入れる。取り出したのは、小さな懐中時計だった。鈍色をした真鍮《しんちゅう》製のケース。細いチェーン。見るからに古そうな代物だ。その文字盤を確認すると、ぱちんと蓋を閉じ、

「まあ、今日の今だ。とりあえずはこれぐらいにしておこう。君にも、このあとの予定

があるだろうからね」

「……とりあえずも何も、もう会いませんってば」

「まあまあ」

ファーストフード店を出る。

「では、また私の話を聞いてもいいと思ったら連絡してくれたまえ。そのときには、もちろん私がご馳走《ちそう》しよう」

笑顔で手を上げる嵐崎を残し、因幡は早足でその場を離れた。渋谷駅へ向かうと、取り戻した財布の中のＩＣカードで改札を抜け、ちょうど山手線《やまのてせん》外回りのホームにすべり込んできた車輛《しゃりょう》に駆け込む。

大勢の乗客にまじって吊《つ》り革《かわ》をつかみ、ようやく息をついた。……疲れた。どうやら知らず知らずのうちに気を張っていたらしい。

よろよろ顔を上げながら、おもむろに考えたのは、

……これは新手の詐欺か何かなのだろうか？

ということだった。

しかしややあってから、いやいや、と首を振る。財布をスリ盗った挙句にあっさりそれを明かして相手に警戒心を植え付けるなんて詐欺、あるはずがない。最初に持ち出してきた泥棒云々《うんぬん》という話も、とことん意味不明だ。

それに──

嵐崎からは、不思議と悪意や害意の類を感じなかった。

「…………」

ということは、だ。

その素性も目的も一切不明ではあるが、嵐崎が口にしていた言葉だけは真実──少なくとも、その一端を含んではいる、ということになってしまう。

──父親がどこで何をしているか、知りたくないかい。

突然、むかむかとした苛立ちが込み上げてきた。

……煩わしい。これまでずっと母や自分を放《ほ》ったらかしにしてきたくせに、今更どの面下げて会おうというのか。

因幡は首を横に振って、一連のやりとりを頭から追い払おうとした。が。

そうしようと努めてみても、嵐崎の言葉はなぜかしつこく頭の片隅に留まり続けた。なぜそうなるのかを認めたくなくて、因幡はますます苛立ちを募らせる。

そんな調子で、結局レポートも家事もろくに手に付かないまま夕飯を終え、台所の流しで食器を洗っていたときだ。

ポケットの中で、スマートフォンが震動した。

濡《ぬ》れた手をエプロンで拭いて端末を取り出すと、モニターに表示されていたのはSNSアプリの通知アイコンだった。どうやらメッセージを受信したらしい。首をかしげた因幡は、その送信元を確認して、たちまちうなだれた。

『やあ青年、今日は付き合ってくれてありがとう。ところで例の話の続きは、聞いてもいいかどうか考えてくれたかい？』

嵐崎からだった。その気になったら連絡しろ、などと恰好いいことを言っていたくせに、どうやら半日も保たなかったらしい。

……いや、それ以前にだ。

因幡は居間のほうを覗いた。母は箱根を特集した旅番組をテレビで見ている。芸人が温泉につかりつつかましたボケに大笑いしながら、麦焼酎をロックで飲んでいた。

頭を掻く。おおいに迷ったものの、やがて因幡はアプリから通話を発信した。

「――やあ青年。実にいい夜だねえ」

昼間と同じ飄々とした嵐崎の声に顔をしかめながら、因幡は母に聞こえないよう口元を隠し、小声で訊いた。

「あの……一体どうやって僕の連絡先調べたんですか」

嵐崎は事もなげに答える。

「君と同じゼミだった女子学生たちから教えてもらったんだよ」

「…………」

今の今まで忘れていたが、以前課題の打ち合わせで必要になるかもと、同じゼミに所属していた学生たちとＩＤを交換したことがある。その中の誰かが、嵐崎とお近づきになりたいがために他人の個人情報を流出させたらしい。脱力せずにはいられなかった。

「ところで青年。こうして電話をくれたということは、また私の話を聞いてくれるということでいいのかな？」

因幡は言葉に詰まったものの、自分が父親のことを気にしていると、もはや認めないわけにはいかなかった。ただ、はっきり口にするのは癪《しゃく》だったので、せいぜい憮然とした声音でこう返事をした。

「……だって、そうしないとこの先ずっと付きまとってくる気じゃないですか」

「ははは、やだなあ。私がそんなに執念深い人間に見えるのかい？」

人の入学する大学に潜り込み、半年間も機会をうかがっていたくせに――と、言い返す気力も失《う》せてしまう。

因幡はため息をつき、訊いた。

「……それで？　僕はどこに行けばいいんですか」

「そうだねえ。青年。君、高いところは好きかい？」

これまた意味不明な質問だったが、因幡は素直に答える。

「はあ……別に嫌いじゃないですけど」

というより、高いところは子供の頃からなぜか大好きだった。

3.

翌日の放課後。

「――やあ、お待たせ青年」

大学キャンパスの正門前で因幡が待っていると、約束の時間から十分ほど遅刻して嵐崎がやってきた。今日も今日とてその口元には飄々とした笑みを浮かべており、因幡は早くも不安になってしまう。

「では立ち話もなんだし、さっそく行くとしようか」

「……あの、行くってどこへ」

「ついてくればわかるさ」

そう言って嵐崎は、目の前の通りでタクシーを捕まえた。

「さあ、乗ってくれたまえ」

もはや何を言っても無駄そうだったので、因幡は黙って嵐崎に続き、タクシーの後部座席に乗り込んだ。

車輛は表参道交差点を左折し、一路新宿方面へと向かった。明治神宮前を通り過ぎ、代々木公園の西を抜け、やがて西新宿へと入っていく。

東京都庁第一本庁舎をはじめとした名立たるいくつものビル群が、冬の訪れを感じさせる空を覆う中、

「――そこの左の建物へ」

嵐崎が運転手にそう指示した。見ると、都庁通りの左手にタクシーやバスを停《と》めるロータリーがあった。その周囲は植え込みに、中央は噴水になっており、石像の獅子《しし》がどぼどぼと水を吐いている。そして、その向こうには大きな建物が構えられていた。何気なく窓からそれを見上げた因幡は、次の瞬間、開いた口が塞がらなくなってしまった。

そびえていたのは視界すべてを埋め尽くすような、圧倒的なスケール感を持つ白亜の摩天楼である。その頂上には、アルファベットでこう示されていた。

《QUEEN'S TOWER TOKYO》

「ち、ちょっと待ってください！　何ですかここ⁉」

因幡は嵐崎のほうを向いて叫んだ。

「ホテル以外の何かに見えるかい？」

「いや、それはわかりますけど！」

《クイーンズタワー東京》

リゾートやバカンスになどとんと縁のない因幡ですら聞いたことがある、五つ星を誇る国内有数の超高級ホテルである。

「ここのお茶がなかなか美味《おい》しいんだ」

笑顔でそう言う嵐崎に、因幡は眩暈《めまい》を覚えた。少なくともここで出されるお茶が、一杯百円のストレートティーなどということは絶対にあり得ないだろう。

「……あ、あの、僕、お金ありませんよ」

その切実な心配を、嵐崎は、ははは、と軽やかに笑って一蹴する。

「心配無用さ。昨日のお返しに、今日は私がご馳走すると言ったじゃないか。——さ、降りてくれたまえ」

料金を精算すると、嵐崎はタクシーを降りた。エントランスの前に控えていたベルボーイがやってくるが、「ありがとう、大丈夫だよ」とにこやかに手を上げ、自動ドアへと向かう。因幡は逡巡したものの、置いて行かれても困るので、おそるおそるそれに続いた。いざとなったら全力で逃げよう——そんな決意を密かに固めながら。

ホテルのロビーは、まるでターミナル駅のような広さだった。頭上は高い吹き抜けになっており、煌《きら》びやかなシャンデリアや窓など、いずれも意匠が凝らされている。

どうやらクイーンズタワーは宿泊施設だけでなく、ショッピングモールなども入った複合施設らしい。ロビーには上下階へ向かうエスカレーターもあり、そこを行き交う大勢の客は、日本人はもちろん外国人の姿も多かった。自分がとてつもなく場違いに思え、因幡はますます落ち着かなくなる。

そんなロビーの一角に喫茶ラウンジがあった。入口にメニューパネルが立てられている。アフタヌーンティーだけでも思わず二度見するほどの額だ。やっぱり今からでも別のところにすべきなんじゃ……と因幡が振り返ると、しかし嵐崎は、なぜかそこをスルーし、ロビーの奥へと歩いていく。

「……あれ？　あの、嵐崎さん？」

因幡がラウンジを指差しながら呼び止めると、振り返った嵐崎は肩をすくめ、

「ああ。せっかくだし、部屋でゆっくりくつろぎながら飲もう」

「部屋？」

「私は今、ここに宿泊しているんだ」

「…………」

もはや何を言うべきかわからなくなり、因幡はすごすごと嵐崎のあとを追うことしかできなかった。

クイーンズタワー東京は、《北ウィング》と《南ウィング》の両ウィングに分かれているらしい。嵐崎が向かった北ウィングのエレベーターホールには、十基のケージが用意されていた。南ウィングにも同数あるのだとすれば、タワーには計二十基ものエレベーターが備えてあることになる。

嵐崎はそのうち、一番奥の右手にある《エグゼクティブフロア専用》と表記されたエレベーターのボタンを押した。金色の手すりが付いた広いケージは、嵐崎と因幡が乗り込むとみるみる地上を離れ、二人を高空へと運んだ。といっても、外が見えるようになってはいないので、しばし浮遊感を味わったのみだ。

が。

「――さて。では、適当にくつろいでくれたまえ」

ちん、というベルとともに到着した五十一階の、廊下を進んだ先の客室では、正真正銘の絶景が待ち受けていた。

「うわ……！」

嵐崎が宿泊しているという客室――五一〇一号室のリビングは、壁が一面ガラス張りになっており、地平の彼方《かなた》まで広がる東京の街並みを余すことなく一望できた。

「すごい眺めですね……」

掛け値なくこれまで生きてきた中で一番の眺望に、窓辺に立ち尽くしたまま因幡が呆《ぼう》

然《ぜん》としていると、

「そうかい？　喜んでもらえたのなら何よりだ」

嵐崎はそう応じながら、脱いだチェスターコートをソファに放った。

いや、すごいといえば、この客室のほうも尋常ではない。

そもそもホテルの客室にリビングやダイニングが用意されていること自体すでに因幡の理解を超えているのだが、それらはどれもホール並に広く、おまけにソファやローテーブルはもちろん、バーカウンターやグランドピアノまで備えられているのだ。どうやら他にも部屋があるらしいが、それらが一体どれだけ広く、そこに何があるのかなど、もはや見当もつかなかった。

そんな因幡をよそに、嵐崎はカウンターの上の受話器を取り上げると、メニューを眺めながら淀《よど》みなく言った。

「——やあ、ルームサービスを頼んでもいいかな。アフタヌーンティーセットを二つ。ディーネッシュ茶園の夏摘みダージリンで」

ほどなく客室係が、注文した品をワゴンで運んできた。

ひと通りの準備をして係が去ると、嵐崎は上機嫌な様子で、ぱん、と手を合わせ、

「さあ青年、座ってくれたまえ。お茶にしよう」

「はあ……」

勧められるまま、因幡はバッグを下ろし、ソファに座った。カップで湯気を立てる紅茶は澄んでいたが、葡萄《ぶどう》のような芳醇《ほうじゅん》な香りがしている。手に取り、おそるおそる口をつけてみて仰天した。

「ぐわ美味《うま》っ！　何ですかこれ⁉」

これまでに味わったことがないような、爽やかな甘味と渋味に、因幡はたまらず二口目を飲んだ。

「スイーツもあるから、よかったら食べてくれたまえ」

テーブルの上のケーキスタンドには見ているだけで楽しくなりそうなサンドイッチやスコーンが並んでいた。因幡はフォークでスコーンにクロテッドクリームをつけ、口に運んでみる。さくりとした食感にバターの甘さと香ばしさ、濃厚なクリームのアクセントがこれまた癖になりそうだ。再びの衝撃とともに夢中で一個目を食べ切り、思わず二個目に手を伸ばしたところで、

「……っていやいやいや！　そうじゃなくて！」

完全に午後のティータイムといった体でくつろぎ出す嵐崎に、因幡はカップとフォークを手にしたままわめいた。

「僕の父親の話をするんでしょ⁉　っていうか、そもそも嵐崎さんは何者で、僕の父親とは一体どういう関係なんですか⁉」

そう。

こんな超高級スイートに一晩も泊まれば、それだけで柏手家の月の生活費は残らず消し飛んでしまうだろう。人のことを半年間も付け回すあまりにもなやり口や、鮮やかに財布を盗み出す手並み、加えて海外セレブのごとき資金力――それらを兼ね備えた嵐崎とは一体何者なのか。差し当たって一番の謎は、まさしくそれだった。

「何者かと訊かれれば、答えは一つだ」

嵐崎は紅茶片手にローテーブルの上のリモコンを取り、大型のモニターで映画チャンネルを再生し始めた。タイトルは、シチリア系マフィアの栄光と破滅を描いた洋画だ。どうやらストーリーはすでにクライマックスらしく、ファミリーの息子が結婚式を挙げている華やかなシーンだった。

「私は泥棒だよ、青年」

「……ど、泥棒？」

たしかに財布をスられた因幡にとってはこれ以上ないほど思い当たる節があるものの、こうも堂々と自称されるとさすがに怯んでしまう。

「そうとも。だが、ただの泥棒というわけでもない」

はい？　と因幡は眉をひそめた。

「それじゃ、一体どんな泥棒だって言うんですか」

嵐崎は口の端を上げると、カップをソーサーに戻し、

「青年。〝ジャバウォック〟という泥棒の名前を聞いたことは？」

「ジャバウォック？」

首をかしげる。いや泥棒の名前に心当たりなんて、と思ったそのときだ。

「……あれ？　そういえば、前にニュースか何かで聞いたことがあるような――」

口元にこぶしを当ててそう呟くと、嵐崎は詩を諳《そら》んじるように言った。

「直近だと三年前、都内にある大手ゼネコンの社屋から現金七千万円を盗んでいる。すぐに警察が捜査を始めたが、その過程で、実はその金が国交省職員への贈賄のために集められたものだと発覚し、企業の役員や省の局長クラスが何人も逮捕された」

あ、と思う。……そうだ、たしかにそんなニュースをテレビで見た覚えがある。盗まれた額もすごいが、芋づる式に汚職が明るみになったことで、かなり話題になっていたはずだ。そのとき正体不明の窃盗犯として取り上げられていたのが、たしか――

「……それじゃ」

因幡は顔を上げた。

「その泥棒が、嵐崎さんだって言うんですか？」

嵐崎は、首を横に振った。

「いいや」

「え？」

話の流れからして当然そうだろうと思っていたので戸惑う因幡に、嵐崎は続けた。

「この件《けん》の他にも、いくつもの大きな盗みを成功させた伝説の泥棒——ジャバウォック。その正体は、青年、君のお父さんだよ。私は、それに協力していた一人なんだ」

4.

思い切り頭をぶん殴られたような衝撃に、気づけば因幡はマットに沈むボクサーのごとく、ぐったりソファに手を突きうなだれていた。

「ん？　どうしたんだい、青年」

「いやその、ちょっと眩暈が……」

どうせまともな人間じゃないのだろう、とは考えていた。それでも、その想像をはるかに上回るふざけた事実だ。

泥棒。

よりにもよって。

「君のお父さんは、本名を神代麻人《こうじろあさと》という」

「……はあ」

それが父親の名前だと言われてもピンと来なかった。歴史上の人物でも紹介されたかのような気分だ。

「もともとは財務省の職員だったそうだ」

「……財務省？」

「そう。とても優秀な人だったよ。頭脳明晰《めいせき》、身のこなしもすばらしい。あらゆるセキュリティを鮮やかに破って獲物を盗み出し、何よりそれを心から楽しんでいた。一流の泥棒として、私は心から尊敬していたよ。君も誇りに思っていい」

もはや突っ込む気力すらなく、因幡は痛む頭を押さえた。肺の空気をすべて絞り出すような深いため息をつき、

「……それで？　その僕の泥棒の父親っていうのは、今どこで何をしてるんですか？」

やや投げやりな調子で繰り出したその質問に、それまで立て板に水だった嵐崎の口が止まった。間を取るように足を組み替え、紅茶を飲む。その珍しく歯切れの悪い態度に、因幡は眉をひそめた。ひょっとしてもうとっくに捕まって、刑務所にでも入れられているのだろうか？　などと考えていると、

「ふむ、隠していても仕方がない。はっきり言おう」

嵐崎はカップをソーサーに戻し、さらりと告げた。

「君のお父さんは、残念ながらすでに亡くなっている」

「え」

一瞬、因幡の頭の中からすべての思考が抜け落ちた。

どこで何をしているのか知らないし、知りたくもない――ずっとそう思っていた。

ただ、すでにこの世にいないなどとは、不思議と考えもしなかった。

「君のお父さん――麻人さんは、財務省時代、ある政治家と繋《つな》がりを持っていた。当時まだ新進気鋭でしかなかったその政治家は、対抗馬を出し抜くべく自らがつかんだライバルの不正資金情報を麻人さんに渡す。麻人さんは、その証拠とともに盗まれても表沙汰にされにくい金を狙う。持ちつ持たれつな蜜月関係は、十三年にもわたって続いた」

だが、と嵐崎。

「今から二年前、麻人さんは仕事に失敗した。土壇場で、その政治家に裏切られてね。そして捜査関係者からはもちろん、政界や財界の実力者たちからも追われる身となった。最後は病で。それが去年のことだ」

モニターでは映画が終盤に差しかかっていた。ファミリーの首領が、陽の当たるトマト畑で倒れて孤独な死を迎える、哀愁漂う美しいシーンだ。それを前にしながら、

「何ですか、それ……」

因幡は呆然と呟いた。ややあって、自分がどうしようもなく腹を立てていることに気

づく。とにかく、ぐらぐらと心が煮えくり返って仕方がない。気づけばそれに押されるように、

「そんなの……自業自得じゃないですか！」

　唇を震わせ、叫んでいた。

「後ろ暗いことに手を出していて、そのリスクをわかってなかったなんて言わせませんよ⁉」

「ああ、本人もそう言っていたよ。自業自得。まさにその通りだ」

　嵐崎は表情を変えず、穏やかに認めた。因幡はなぜか後ろめたいような気持ちになり、ぐっと言葉に詰まる。

「ただ麻人さんは、家族に申し訳ないことをした、と言っていた。そして自分にもしものことがあれば、ただそれだけ伝えてほしい、とも」

うつむき、唇を嚙《か》む。……今更だ。これまでずっと連絡もよこさず、生きているのか死んでいるのかすら知らせなかったくせに……今更、何が家族だ。

いつの間にか、モニターではエンドクレジットが流れていた。印象的な音楽が静かに室内を満たす中、因幡はぽつりと訊く。

「僕の母は、このことを知ってるんですか……」

「いや、麻人さんは自分が泥棒だということも伝えていないと言っていた。そもそも、

危ない橋を渡る自分に巻き込むことはできないと、姿を消したそうだ」

嵐崎はスラックスのポケットに手を入れ、

「——この懐中時計は、麻人さんの持ち物だ」

例の古い懐中時計を取り出した。

「その昔、君のお母さんから贈られたものらしい。だから、君が持っていたほうがいい。麻人さんも、きっとそれを望んでいるはずだ」

ちらりと顔を上げる。……母が？

嵐崎の手のひらに乗ったそれは、ケースに細かな傷がいくつも付いていた。おそらく長い間、父親が肌身離さず持ち歩いてきたものなのだろう。

しかし因幡は、再び顔を伏せ、それを受け取ろうとはしなかった。それに込められている様々な思いも、今は考えたくなかった。

嵐崎は、やがてあきらめたように時計をポケットにしまい、

「すまない、青年。こんな報告しかできなくて」

「……別に嵐崎さんが謝ることじゃないじゃないですか」

「ああ。だが、私に言えるのはそれだけだからね」

因幡はうつむいたまま、膝の上で強くこぶしを握った。

目がくらみそうなほど、頭に来ていた。

しかしそれ以上に、父親が死んでいることにショックを受けている――そんな自分に対する戸惑いで、胃の辺りがむかむかしていた。

……呆気《あつけ》ない。呆気なさすぎる。自分はもう父親に恨み言一つ、文句の一つすら言えないのだ。

そう気づいた途端、目頭が熱くなった。慌てて手で顔を押さえ、奥歯を噛み締める。

涙なんて意地でも流してやるものか――強くそう思う。

「……その僕の父親を裏切った政治家っていうのは、一体どこの誰なんですか」

因幡は顔を上げないまま、くぐもった声で訊いた。とにかく今は、その名前を知らずにはおけなかった。

嵐崎はしばし無言で、その心の裡《うち》を見きわめるように因幡のことを見つめていた。が、やがてローテーブルの上のリモコンを手に取ると、モニターのチャンネルを、映画から地上波へと切り替えた。

映った番組は、午後のワイドショーだった。ある議員が委員会で答弁する様子と、それをワイプで見守るスタジオの司会やゲストの表情が流されている。

「――彼だ」

ややあって、因幡はゆっくりと顔を上げ、モニターを見つめた。

男の年齢は五十代だろう。しかしウェーブのかかった髪や通った鼻筋、笑みを湛《たた》えた柔和な目元の細面は、実年齢よりずっと若々しく見える。背も高く、グレーのスーツ姿がお洒落でスマートだ。卓に手を突き答弁する様も落ち着いていて、余裕を感じさせた。

「早乙女巌《さおとめいわお》。与党第一党の自栄党に所属する衆議院議員で、党の幹事長も務めている」

「……要するに、超が付くほどの大物政治家ってことですか」

「その通りだ」

映像はスタジオに戻り、司会がゲストの政治アナリストにコメントを求めていた。

『――えー、というわけでね。内閣改造失敗の責任を取って、現首相の貝塚《かいづか》さんが退陣、あわせて党の総裁選が行われる見通し、とのことですが。やはり自栄党の新総裁は早乙女さんで決まり、といったところなんでしょうか？』

『間違いないでしょうね』

アナリストは頷いた。

『自栄党内はもはや早乙女派が盤石の構えですから。まずは新総裁。それから新首相、といったところでしょう』

因幡はふつふつと怒りが湧き上がってくるのを感じた。新総裁に新首相。それが、十三年間も人を利用した挙句に切り捨てて得た立場ということか。ふざけてる。

「――青年」

呼ばれて顔を向ける。

と、嵐崎は、口元にはこれまでと同じ笑みを浮かべていたものの、その猫のような瞳には、何かを企《たくら》むかのような稚気を湛えながら、

「私は君のお父さんに返し切れないほどの恩がある。だから早乙女をこのままにしておくつもりはない。そこでだ。もしよければ、君も私のちょっとした計画に付き合わないかい？」

「……計画？」

あからさまにいかがわしげな誘いだった。

それでも、因幡は迷わず訊き返していた。

「何をするつもりなんですか」

「なあに。この世に、すねに傷のない政治家なんていないということさ」

嵐崎は言った。

「他人の不正をネタにここまでのし上がった早乙女だが、その当人にも、これまで何度か不正に関わった過去がある。詳しい経緯は後回しにするが、実は先月、別の仕事の最中に偶然その証拠を見つけてね。それを私たちの手で盗み出すのさ」

「なっ」

さすがに絶句した。

つまり嵐崎は、その不正の証拠を盾に、これから日本の頂点に立とうとしている政治

家を失脚させると言っているのだ。

「ち、ちょっと待ってください！　どうして僕をそれに？」

嵐崎は、見開かれた因幡の目を覗《のぞ》き込《こ》むようにして、

「君には動機がある。何より、それを成し遂げるだけの類《たぐい》稀《まれ》な才能もだ。声をかけない理由はないさ」

「……才能？」

馴《な》染《じ》みのない単語に、因幡は眉をひそめた。動機はともかくとしても、これまで自分に何かの才能が備わっていると感じたことなど一度もないのだ。まして〝泥棒の才能〟なんて意味不明なもの、ますますあるとは思えなかった。

それでも、

「いいや。君が気づいていないだけで、私にはわかっているんだよ」

嵐崎は確信を込めて断言する。

因幡は心底疑わしく思いつつも、とりあえず話を進めた。

「……それじゃ、その肝心の不正の証拠っていうのはどこに？」

嵐崎は足を組み替えると、余裕たっぷりに言った。

「ここだよ」

「……はい？」

目を見開く因幡に、

「青年、《クイーンズグループ》は知っているかい？　主にリゾートやホテル事業を手がける日本最大の企業グループの一つで、ここクイーンズタワー東京もその傘下のホテルだ。早乙女は麻人さんと同じく元財務省職員だったが、十八年前に早乙女家に婿入りし、クイーンズタワーを運営する企業の役員に収まった。その後、議員出馬した際に企業は辞めたが、義理の父は今やグループの総帥だ。ここは、いわば早乙女巌の〝城〟の一つなんだよ」

開いた口が塞がらなくなった。つまり嵐崎は、これから盗みに入ろうという、いわば敵の本拠地に（それもこんな超高級スイートに！）堂々と宿泊していたらしい。大胆不敵を通り越して、もはやただの考えなしなのでは、とすら思えてくる。

それでも――

「…………」

因幡はもう一度モニターに、そこに映る男へと目を向けた。

本当に馬鹿げた話だ。

相手は政治家――それも超が付くほどの大物。対する自分は、どこにでもいる、ただの男子学生でしかない。にもかかわらず、突然目の前に現れたプロの泥棒を自称するおかしな優男の話に乗って、とんでもない無茶をやらかそうとしている。

「もちろん私のことが信用できないと言うのなら、いつでも降りてくれて構わないさ」

「いや、そもそも最初からあんまり信用はしてませんけどね……」

「ははは。青年は手厳しいなあ」

それでも、そう言って笑う嵐崎が嘘をついているようには、やはり感じられない。同時に、こんな大それた話で自分を嵌《は》める理由があるとも思えなかった。

「…………」

因幡にとって何よりも大切なもの——それは家族だ。そして自分にとっての家族とは、これまでは母の有子のことだった。だが、仮にも自分の父親が関係しているというのなら、これもまた家族の問題であるはずだ。

……上等だとも。十三年分の父親の借り、代わりに全部まとめて返してやる。

因幡はフォークで皿の上のスコーンを串刺しにして、口の中に押し込んだ。もりもり咀嚼し、紅茶で飲み下す。もはや味も素っ気もあったものではなかったが、いっこうに構わなかった。

大きく息をつくと、再び煮え立つ心のままに顔を上げて言う。

「それで、一体何から始めるんですか」

その質問に、嵐崎は口の両端を上げてこう答えた。

「——それはもちろん楽しいことからさ」

MISSION. 2 計画

1.

午後九時という、いつもより少し遅めの夕飯時のことだった。

「そういえば因幡。近頃なんだか帰りが遅いけど、毎日どこ行ってるのよ？」

母の有子から何気なくそう訊かれた因幡は、

「え!? あ、いや、それはその……」

煮付けたカレイの身を箸でほぐしながら、言葉と視線をさまよわせた。しかし、まさか、本当のことを説明できるはずもなく、

「まあ……いろいろ？」

と、何一つ説明になっていない返事をする。

「いろいろ？」

その曖昧な返しに、母は露骨に訝しんだ。う、と因幡は言葉に詰まる。因幡は昔から、

母を相手に隠し事を隠しおおせた経験がほとんどない。自分がわかりやすいせいなのか、母が鋭いのか。おそらく両方だろう。まずい、あらかじめ言い訳を考えておくべきだった、と自分の迂闊《うかつ》さを嘆いたところで、もはやあとの祭りである。カレイの身を必要以上にぼろぼろに崩しながら必死に頭を巡らせ、そして、

「そ、そう！ 実はバイトを増やしたんだ！」

「バイト？ そうなの？」

因幡は現在、幡ヶ谷駅近くのスーパーでバイトをしている。基本週五でシフトに入っているが、母は、働きすぎだ、とそれに反対していた。

「もう、どうして相談もなしに決めるのよ？ そりゃ生活が楽ってわけじゃないけど、因幡にそこまでしてもらうほど困ってるわけでもないんだから」

母は眉をひそめた。どうやら因幡の狼狽《ろうばい》を、隠れてバイトを増やしたことへの後ろめたさゆえと勘違いしたらしい。

「い、いやまあ、少しでも学費の足しにしたいしさ」

因幡がそう返事をすると、母は何か言いたげな様子を見せたが、やがてため息をつき、

「……あんまり無理しないでよ？ あと、今度からは必ず事前に相談しなさい」

「わ、わかったよ。そうするから。ちゃんと。うん」

秘密を隠しおおせた安堵感と、母に嘘をついた罪悪感を覚えながら頷いたそのときだ。

つけっぱなしになっていた古いテレビに、見覚えのある顔が映った。

衆議院議員の早乙女巌だった。例の委員会での答弁の様子である。ニュース番組だが、ワイドショーと同じ映像素材らしい。内容も同じく、現内閣の退陣と自栄党の総裁選執行が濃厚であり、早乙女の立候補と当選は固いだろう、というものだった。

「あー、やっぱり早乙女さんか。どうなのかしらねー、この人も。まあ個人的には、これで相場がどう動くかのほうが興味あるけど。クイーンズグループやリゾート事業の関連株は上がるんだろうけど、案外それ以外は期待からの反発でがくっと値を下げるかもしれないし。含み益があるうちに、ある程度売りに出したほうがいいかも――」

因幡はふと、テレビを見ながら呟く母の左手へと目をやった。その細い薬指には、鈍い銀色の指輪が収まっている。

これまで母が、父親について言及したことは一度もなかった。それはきっと因幡が父親に対して強い反発心を抱いていることを、母は見抜いていたからだろう。だから因幡は、その母の指輪についても、ずっと気づかない振りをしてきた。

しかし改めて考えてみるまでもなく、そこに込められた意味は明白だ。父親が、母から贈られた懐中時計を肌身離さず持っていた――それと同じように、母も決して因幡の父親のことを忘れたわけではないのだろう。

だとすれば。

……父親と再会する機会を母から奪った早乙女を、尚更《なおさら》許しておくことはできない。

「ん？ なによ因幡。人の顔じっと見て」

「え？ あ、いや、何でも」

母に見咎《みとが》められ、因幡は慌ててごまかした。これ以上ボロを出さないようテレビに視線を戻し、味噌汁《みそしる》をすする。と、

『続いて二ヶ月前、政治団体《三葉会《みつばかい》》から政治資金が窃盗された事件についてです』

たちまち味噌汁を噴き出してしまった。

「うわやだ！ ちょっとなに！」

母の非難に咳《せ》き込《こ》みながら、

「ご、ごめん」

と口を押さえる。が、もちろん何でもないどころではなく、むしろその内容にはこれ以上ないほど心当たりがあった。

なぜなら因幡は先日、他ならぬこの事件の犯人から、直接話を聞いたばかりだったからだ。

クイーンズタワーの北ウィング。その五十一階にあるスイートで、嵐崎は湯気の立つ紅茶のカップを手にしながら事もなげに言った。

「――実は二ヶ月ほど前、私は三葉会という政治団体の事務所から、政治資金を五千万円ばかり盗んだんだ」

「……ご、五千万⁉」

「ああ。十階建てのビルに防犯カメラと赤外線センサー。フロアの出入り口にはＩＤカードと八桁のパスコードが必要なロックが設置され、隠し扉の奥には重量変化を検知する大型の三重錠金庫。まあシンプルな防犯体制だが、なかなか楽しい仕事だったよ」

「……………」

改めて非常識なその所業と金額に、思わず口元を引きつらせていると、

「その三葉会というのは他でもない、早乙女の資金管理団体なんだ」

立て続けにとんでもない情報を開陳され、因幡は、えっ、と声を出した。

「そこで金庫を破ったあと、よその部屋に隠してあったファイルをさらったところ、過去に団体が受け取った不正献金にまつわる裏帳簿とおぼしき資料を見つけてね。そのとき金と一緒に持ち出せればよかったんだが、さすがに資料すべてを精査する時間も盗み出す用意もなくて、泣く泣くあきらめたというわけさ」

肩をすくめ、

「その後、私はある協力者に頼んで、再び事務所を調べてもらった。だが協力者いわく、事務所にはもう肝心の資料は影も形も見当たらなかったそうだ。まあ大金を盗まれて、

当然警戒したんだろう。ただ紙の資料そのものは破棄できても、中身のデータまでは葬ることができないのが、この手の証拠の常だ」

「……そうなんですか?」

理屈がよくわからず首をかしげる因幡に、嵐崎は淀みなく言う。

「青年。大きな金の流れというものは、基本的に当局をはじめあちこちから見張られていて、不正をするとすぐにバレてしまう。だからそれを隠すためには、いろいろな嘘をつかなくてはならない。だが、その嘘が下手では意味がない。では当局の目を欺けるような、うまい嘘をつく——そのために必要なこととは何か、わかるかい」

少し考えてみたが、さっぱりわからなかった。

「何なんですか?」

「真実をきちんと把握しておくことだよ」

嵐崎は紅茶を飲み、続けた。

「例えば、君がどこかから不正な献金を受領したとしよう。君は当局に怪しまれないよう、その金の偽の出所をうまくでっち上げなくてはならない。ただ額が大きいから、一ヶ所からというわけにはいかない。それらしい取引先や名目をいくつも用意し、数字も誤差なく合わせて……という実にややこしい仕事になる。これらを正しくこなすには、金の真の出所、名目、数字を、きっちり把握しておかなくてはならない。でないと、そのうちついた嘘との辻褄が合わなくなって、必ずぼろが出るからだ。だから裏帳簿のデータというものは、絶対に手放せないし、処分したくてもできないのさ」

「なるほど」

目から鱗《うろこ》とはこのことだった。なぜ政治家や官僚、企業の重役というやつは、不正の証拠になるようなものを律儀に作り、しかも後生大事に抱えておくのか、ずっと不思議だったのだが、その謎が今解けた。同時に、自分には絶対に汚職なんてできないな、とも思う。すぐに数字を間違えて、辻褄が合わなくなりそうだ。

「そこで私の協力者は、さらに早乙女の動きを探った。するとその裏帳簿のデータだけが、ここクイーンズタワーに隔離されたとわかった。まさに一手及ばず、敵のキングの〝入城《キャスリング》〟を許してしまったというわけさ」

チェスのルールはおろか駒の名前すら知らない因幡には、最後の例えだけはピンと来なかったが——おおよその経緯と、それを突き止めるために大変な時間と労があったのだということは把握できた。

「それじゃ、今回の嵐崎さんの計画は、それを改めて盗み出そうってものなんですか」

「その通りだ」

ただ、と嵐崎。

「そうするには、いくつか問題があってねえ。それをクリアするために、何よりまず君の力が必要なんだよ」

「……はあ」

一応なりとも決意は済ませたのだから、今更まごつくつもりはない。それでも、自分ではまるで自覚のないものをこうも当てこまれると、さすがに不安になってしまう。

「というわけで、さっそく明日から計画の準備に入るが——覚悟はいいかい、青年？」

そのにこやかな笑みと妙な含意を感じる言葉に、因幡の不安はいや増すばかりだった。

2.

十一月十六日、土曜日。

その日、因幡は嵐崎に連れられて、今度は池袋にやってきた。嵐崎は迷う素振りもなく、駅北口方面の路地にある喫茶店へと入っていく。雑居ビルの一階に構えられた、寡黙な店主が個人経営しているとおぼしき小ぢんまりとした店で、見るからに流行《はや》ってていなさそうな薄暗い店内には、カウンターと三つのボックス席がある。

そのうち一番奥のコの字型のボックス席に、窓を背にして座った嵐崎は、

「さて青年。窓の外のあれが見えるかい」

と、紅茶を飲みながら訊いてきた。

「あれ？」

斜向《はすむ》かいに座った因幡は、言われるまま窓の外に目をやる。

しかしそこに見えるのは、通りの向かいにある同じような古い雑居ビルだけだ。灰色の外壁をした四階建てで、エレベーターもない安普請である。

「その三階だよ」

「三階？」

言われるままに視線を上げる。すると今時めずらしく、窓ガラスに直接、《片平《かたひら》ファイナンス》と、テナント名が書かれていた。

「何ですか？　あれ」

「消費者金融だよ」

「消費者金融？」

「ああ。ただ、それはあくまで表向きの話だ。実際は、初回金利五パーセント、ブラックリスト登録者も即日融資オーケーの謳《うた》い文句《もんく》で客を釣っておいて、いざ取引の段になれば事前に担保として十万円必要だと切り出し、客が断っても契約は成立しているからキャンセル料を払えと脅す――いわゆるキャンセル料詐欺を行っている反社会的勢力のフロント企業。有体《ありてい》に言えば、暴力団の末端組織だ」

「ぼ、暴力団⁉」

ぎょっとする因幡に、嵐崎は笑顔で言った。

「いやあ、近頃はフロント企業も巧妙化《こうみょうか》していてわかりにくくなっているからねえ。構成員が常駐しているようないかにもなところを見つけるのには、なかなか骨が折れたよ」

いやいやいや、と因幡はうなだれ、

「わざわざそんなところ見つけてきてどうするっていうんですか。まさかお金でも借りてこいって言うんですか？」

「ははは。そんなわけないじゃないか」

嵐崎はあっさりとんでもないことをのたまった。

「盗んできてくれたまえ」

「……はい？」

ぽかんとする因幡に、

「私が調べたところ、片平ファイナンスでは融資用の現金が三百万、デスクの上の手提げ金庫の中に常備されている。普段事務所に詰めている構成員は三人だが、この時間は一人出払っているので今は残る二人だけだ。初めての仕事にはちょうどいいだろう」

嵐崎はそう言いながら、足元に置いていた紙袋をごそごそと探った。中からでろんと取り出したのは、頭からすっぽりかぶるラバーマスクである。ディスカウントショップで販売されているパーティーグッズだろう。マスクは二つあり、一つがウサギ、もう一つがネコを模したものだ。明らかに作りの粗い大量生産品で、微妙に目の焦点が合っていないのが実に不気味だった。

どちらにする？　とウサギとネコのマスクを持ち上げてみせる嵐崎に、呆然としていた因幡ははっと我に返り、

「ち、ちょっと待ってください！　盗んでこいって……暴力団事務所から⁉　本気ですか⁉」

「もちろん本気だとも」

嵐崎は肩をすくめ、

「青年、君には実際に現場に侵入して獲物を盗む役割、すなわちアタッカーを務めてもらう」

「……アタッカー？」

「そう。そしていざ本番で慌てないためにも、当然、事前の練習は必要だ。いわばこれは君の泥棒としての第一歩だよ。なあに、心配しなくても、君が才能を発揮できればこれぐらいは軽いものさ」

気軽に請け合う嵐崎に、因幡は心底疑わしげに眉をひそめ、

「あの……昨日も言ってましたけど、それって何なんですか？」

――泥棒の才能。

やはり因幡には、自分にそんなものがあるとは到底信じられなかった。

しかし嵐崎は、うーん、と考える素振りを見せると、

「それは、私からは言わないことにするよ」

すげなく因幡の質問を却下した。

「ど、どうしてですか」

「どうしてもだ。それとも、この程度の仕事で折れるほど、君の覚悟と決意は安いものだったのかい？」

さらりと挑発的なその口振りに、因幡は怯みつつもむっとする。嵐崎は両手のマスクを振り、

「さあさあ、行くなら行く、降りるなら降りる。早めに決めてくれたまえ。紅茶が冷めてしまうじゃないか」

「……っ」

暴力団事務所に金を盗みに入るなんて、どう考えても正気の沙汰ではない。もし失敗すれば、冗談抜きに命はないかもしれない。

しかし、と思う。……そもそも最初から、正気でないことをやろうとしているのだ。

今更尻込みする理由なんてないではないか。そうとも。これぐらいこなせないで、大物政治家の不正の証拠なんて盗めるはずがない！

因幡は深呼吸すると、震えるこぶしをぎゅっと握り締め、言った。

「わ、わかりましたよ！　行きますよ！——三百万、盗んでくればいいんでしょう!?」


十分後。

片平ファイナンスが入った雑居ビルの出入り口から、ウサギのラバーマスクをかぶった背の低い青年が、悲鳴とともに手ぶらで飛び出してきた。それに続いて、明らかにカタギではない紫のスーツを着た中年男と、その舎弟とおぼしきラフな恰好の若い男も、すさまじい形相で怒声を上げながら走り出てくる。

周囲を行き交う人々が何事かという視線を向ける中、ウサギは男二人に追われ、池袋駅方面へと走り去っていった。

その様子を、向かいの喫茶店から見送りながら、

「ふむ。とりあえず、逃げ足の速さだけはなかなかだ」

嵐崎はそう言って、呑気に紅茶を飲んだ。

「——ほ、本気で殺されるかと思いましたよ！」

ヤクザ二人をなんとか撒《ま》いて命からがら逃げ切った因幡は、喫茶店で待っていた嵐崎の元に戻ると、ラバーマスクを脱ぎながら叫んだ。

嵐崎は慌てる様子もなくペーパーバックを読みながら、

「それで？　金は盗んでこられたかい？」

「う……」

言葉に詰まる因幡に、責めるでもなく言う。

「まあ、初めての仕事ならそんなものさ。ただ早乙女のクイーンズタワーは、こんな場末の暴力団事務所なんてくらべものにならないほど堅牢だ。ここから金を盗んでこられないようでは、そもそもお話にもならない。それはわかっているかい」

「……わ、わかってますよ」

ぼそぼそ呟くと、嵐崎はぱたりと本を閉じ、

「何よりだ。では金を盗めるまで何度でも行ってもらうから、そのつもりでいてくれたまえ」

先が思いやられ、がくりと頭を垂れる因幡に、嵐崎は本を閉じた。

「ともあれ、まずは合格だ。――青年。ようこそ、泥棒の世界へ」

3.

翌日。

「――さて、今日はいい知らせが一つと、悪い知らせがいくつかあるが、どちらから聞きたい？」

現場であるクイーンズタワーのロビーを颯爽《さっそう》と歩きながら、嵐崎は楽しげに言った。

嫌な予感しかしないその二択に、隣の因幡は、「う、うーん」としばし悩み、

「……それじゃ、悪いほうからで」

「よろしい。では、まずこれを見てくれたまえ」

嵐崎はコートのポケットから黒いＵＳＢメモリを取り出すと、それにアダプタを嚙ませ、自前のスマートフォンに挿し込んだ。

差し出された端末を受け取ってモニターを見ると、表示されていたのはクイーンズタワーの立体図だった。精巧なＣＧで、ホテルの全体像が再現されている。

「まず最初の悪い知らせは、このクイーンズタワーから獲物を盗むのは、スイス銀行の金庫を破るのと同じぐらい難しいということだ」

改めて見ると、クイーンズタワーは、五十階以上の高層階部分が少し変わった形をし

ていた。

「ご覧のように、クイーンズタワーは《北ウィング》と《南ウィング》の両ウィングに分かれていて、どちらも基本五十階までだが、北ウィングの一部が六十階まで、南ウィングの一部が五十五階まである」

その説明通り、北と南の両ウィングとも、一部だけが他より高くなっている。北のほうが南よりさらに少し高く、ホテル全体のシルエットはさしずめ縦棒の長さが違う〝凹〟といった塩梅《あんばい》だ。

「南ウィングは、地下一階が催事を行うレセプションホール。一階がロビー。二から四階がショッピングモールだ。モールにはハイブランドのアパレルショップから土産売り場まで、セレブ御用達《ごようたし》の店舗が並んでいる。五から五十階は客室。部屋数はおよそ五百。ここまでがいわゆる《レギュラーフロア》だ。そして、五十一から五十五階の高層階《ハイフロア》が、レストランやバー、フィットネスジム、プールなどが入った《ラグジュアリーフロア》になっている。ちなみに食事はリストランテ《タルタルーガ》の牛フィレのロッシーニ、寿司《すし》屋《亀井》のコハダとなめろうが美味しかったよ」

「……いやちょっと。呑気にホテル暮らしを満喫しないでくださいよ」

因幡が半眼になると、嵐崎は笑った。

「続いて北ウィング。こちらも地下から五十階のレギュラーフロアは南ウィングと同じ構成だ。そして五十一から六十階までの高層階は、各スイートが入った《エグゼクティブフロア》になっている」

「五十一階の嵐崎さんの部屋も、その中の一つってことですよね」

「その通りだ」

あのだだっ広く贅沢《ぜいたく》きわまりない客室が、さらにその上に九階分も用意されているのかと思うと、因幡はこの世の富の偏りというものに思いを馳せずにはいられなかった。

「防犯カメラは、客室やトイレ、ジムの更衣室といったスペースを除く、まさにありとあらゆる場所に仕掛けられていて、ホテル内にほぼ死角はない」

それについては、因幡もなんとなく気づいていた。壁の高い位置やオブジェの陰など、ロビーだけでもそこかしこから防犯カメラの気配を感じる。今まさにロビーを歩いている自分たちの姿も、どこかのカメラで捉えられているのだろう。

「警備員室は、あのフロントの奥にある」

嵐崎はそちらを見ないまま言うが、因幡は目を向けた。

「ホテル内に常駐している警備員は二十七人。シフトは一日三交代制。契約している《ダイヤモンド警備保障》は警察ＯＢの再就職先になっているので、警備員の練度も高い」

たしかにロビーに配された警備員は、落ち着いた小豆色の制服と制帽に身を包んでおり、エレガントな空間に品よく溶け込んではいるものの、全員もれなくラガーマンのように体格がよかった。ぴしりと背筋を伸ばして手を組み、仁王立ちする姿には迫力がある。もちろん、無線や特殊警棒といった装備も欠かしていない。

「……要するに、ホテル内はどこもかしこも完璧に見張られてて、盗みがバレたら絶対に逃げられない、ってことですか」

「その通りだ。ちなみにクイーンズタワーは、今年だけですでに三度、他の泥棒に狙われている」

「えっ！　さ、三度もですか⁉」

「ああ。だが一人はロビーで客のバッグを置き引きしようとしたところを、もう一人はモールにある高級ブランド店のバックヤードに侵入したところを、残る一人はスパ施設の更衣室ロッカーから財布を盗って逃げたところを、それぞれ警備員に押さえられて全員御用になっている。そして――」

嵐崎が何事か言いかけたそのときだ。ホテルのロビーに似つかわしくない、ばたばたと騒々しい声と音が聞こえてきた。

「え？」

見ると、北ウィングのエレベーターホールから、若い男が奇声を上げながらロビーへ走り込んできた。それを二人の屈強な警備員が追いかけている。

因幡や他の客がぎょっとする中、いっさんにエントランスを目指していた男は、不意に足をもつれさせた。たまらず大理石の床に倒れたところを、追ってきた警備員に問答無用で取り押さえられる。すぐにロビーの警備員たちも加勢する中、男は、騙《だま》された、だの、あの野郎ふざけやがって、だのと叫んでいる。

白昼のホテルで突如起こった捕り物に、ロビーがかすかに騒然とする中、

「——これで四人目の御用というわけだ。おそらく客室のドアをピッキングしている最中にセンサーを作動させてしまったんだろう。だが、騙されたとはひどい。私は本当のことしか言わなかったというのに」

この事態を承知していたかのように肩をすくめてみせる嵐崎に、

「ち、ちょっと待ってください。嵐崎さん、ひょっとして今の……」

「なあに。昨日街で知り合った若者に、クイーンズタワー五一〇一号室の客は、この時間留守にするから狙い目だ、と吹き込んでおいたんだ」

因幡は口元を引きつらせ、

「五一〇一号室って、それ嵐崎さんの部屋じゃないですか！　自分の部屋に盗みに入らせようとしたんですか⁉」

「ああ。海外からの大口旅行客が宿泊中で、高額の現金が置いてある、とね。一応、実際に二百万ほど置いておいたよ」

「いやなんで⁉」

思わず大声を出すと、嵐崎はコートのポケットに手を入れたまま平然と言った。

「警備員の練度を、こうして自分の目で確認しておきたかったんだ」

「だからって、もし本当に盗まれたらどうするんですか⁉ 二百万ですよ、二百万⁉」

「それならそれでホテルの警備に穴があると知れるんだから、安いものさ」

相変わらず手段を選ばなすぎる嵐崎のやり口と、いかれたその神経に、因幡は大きくうなだれた。

……この人、やっぱりどうかしてる。それともプロの泥棒は皆が皆、こんな人格破綻者ばかりなのだろうか？

「ただ、やはり警備の穴は期待できそうにない。それが確認できただけでも充分な収穫だ」

嵐崎は嬉しそうに頷き、エントランスへ踵を返した。

たしかに、どんな泥棒も裸足《はだし》で逃げ出す——いや、逃げ出すことのできない厳重な警備。まさにこれ以上ない悪い知らせ《バッドニュース》である。

「ところで、悪い知らせがこれなら、いい知らせっていうのは何なんですか？」

「ん？ それはもちろん決まっているじゃないか」

嵐崎は肩をすくめ、

「このクイーンズタワーは、まだ過去に誰の侵入も逃亡も許していない難攻不落の城だ。つまり、そこから獲物を盗み出す最初の栄誉は、私たちのものになるということさ」

今度こそ因幡は心の底から脱力した。

「それを聞いて安心しましたよ……」

「だろう？」

皮肉に動じることなく、嵐崎は満面の笑みを浮かべる。

二人はホテルの外に出た。ただそれだけで、肩にかかっていたプレッシャーが減じたように感じられ、因幡は息をつく。

「それで、一体どうやって、この城から獲物を盗んで逃げるんですか？」

その問いに、嵐崎は肩越しに振り返ると、小さく口の端を上げてみせた。

4.

その翌日、因幡は渋谷のスクランブル交差点前で嵐崎を待っていた。

「――明日は四時に待ち合わせよう。詳しいことはそのときに」

しかし指示された時刻になっても、いっこうに嵐崎が現れる気配がない。一体何をやってるんだ、とスマートフォンを取り出したときだ。すぐ後ろで、車が停まった。

振り返ると、なんとメルセデスのセダンだった。黒塗りの流麗なフォルムで、エンブレムの付いたフロントグリルは美しい銀に輝いている。

思わぬ高級車に因幡がどぎまぎしていると、じー、という気の抜ける音とともにそのウィンドウが下がり、左ハンドルの運転席から一人の男が顔を出した。

「――あー、車上から失礼。おたくが柏手因幡さんか？」

二十代後半だろう。明るい色のラフな髪に細い眉、シャープなあごのラインをした整った顔立ちだ。しかし、あからさまに険を含んだ、目つきの悪い三白眼がそれらを台なしにしていた。瘦身に黒いラムレザーのライダースジャケットを羽織り、手首にはシルバーのブレスレット、手には指ぬきのドライビンググローブをはめている。

ぶっきらぼうな丁寧語での誰何《すいか》に、

「そ、そうですけど……」

バッグを肩にかけたまま歩道脇のガードパイプに浅く腰かけていた因幡は、パイプから降り、おそるおそる返事をした。

「そうかい。《ドーマウス・トランスポート》の祢津《ねづ》だ」

と、男は名乗る。そう言われても、まるで心当たりのない因幡は、「はあ……」と胡《う》乱《ろん》な応答しかできない。

すると男――祢津のほうも眉をひそめ、突然、

「なあ……おたく、本当に七十歳か？」

と訊いてきた。

明らかに実年齢とかけ離れた歳に、因幡は困惑しつつ、

「い、いえ、十八歳ですけど……」

「十八だ？」

祢津は露骨に眉をひそめ、舌打ちした。

「おい、サイトの注意書き読んでねえのか？　俺は未成年の依頼は受け付けてねえんだよ。……ん、十八はもう成年だったか。いやともかくだ。歳ごまかすってのは一体どういう了見だ？　まさか悪戯か？　はあ、ったく、勘弁しろよな。俺だって今時の若者を語れるほど歳食っちゃいねえけどな、こんなくだらねえことやらかしてるほど、十八の時分は暇じゃなかったぜ」

勢いよくまくし立てられ、因幡は慌てた。

「ま、待ってください！　そう言われても、僕には何が何だか……」

「あ？　お前、柏手因幡で間違いないんだろ」

「それはそうなんですけど……」

眉根を寄せた祢津は、埒《らち》が明かないと思ったのか、再度舌打ちをして車を降りた。ドアを閉めると、グローブをはめたままの手でライダースのジップポケットからよれた名

刺を取り出し、無造作に因幡によこす。

「俺は祢津敦史《あつふみ》。個人契約のドライバーをやってる。後部座席に乗せるのは、人から物まで何でもだ。東京観光がしたいって外国人旅行者から、三十分後に成田《なりた》を発《た》つ便に間に合わせたいって荷物まで——要は条件と報酬の折り合い次第だな」

「は、はあ……」

突然のざっくりとした説明に、因幡は名刺を両手で持ったまま生返事をした。

「でだ。その俺のところに、今日の午後四時半から運転を頼みたいって依頼があった。客の名前は柏手因幡。年齢七十歳。『先月亡くなった妻との思い出の場所を巡りたいが、足腰が不自由なので運転を頼みたい』。おいおい泣かせる話じゃねえか、と俺はすぐに依頼を受けた。なのに、いざ現場に来てみりゃそこにいるのは十八のガキだ。こいつは一体どういうことだ？」

「ど、どういうことだって言われても……僕も昨日、嵐崎さんにこの時間にここに来いって言われただけで、何が何やら——」

理不尽に責め立てられ、因幡がしどろもどろで弁解すると、

「は？　……おい待て、嵐崎だと？」

たちまち祢津は三白眼を吊《つ》り上《あ》げた。そのときだ。

「——やあ二人とも。さっそく打ち解けているようで何よりだ」

陽気な声がかけられた。振り返ると、そこにいたのはやはり嵐崎だった。コートのポケットに手を入れ、こちらに歩いてくる。

「ちょっと嵐崎さん！　一体――」

どういうことですか、と因幡は慌てて事情を訊こうとしたが、

「てめえ、嵐崎！　こいつはお前の仕業か！」

「ははは。お察しの通りだよ、敦《あつ》」

祢津に睨《にら》まれても、嵐崎はどこ吹く風だった。むしろ馴《な》れ馴《な》れしいニックネームを口にしながら、得意の人好きする笑みを浮かべる。その態度に、祢津はいよいよこめかみに青筋を立て、

「ふざけんな、偽の依頼なんぞ入れやがって！　一体何の真似《まね》だ⁉」

「だって、私が連絡したところで敦はどうせ取り合ってくれないじゃないか」

嵐崎は肩をすくめ、抜け抜けと言った。

「実は、どうしても敦に依頼したい仕事があるんだよ。話を聞いてくれるかい」

「うるせえ、お断りだ！　前の仕事のときにてめえのせいで俺がどんな目に遭ったか、忘れたとは言わせねえからな！」

因幡は呆れながら訊いた。

「……一体何やったんですか、嵐崎さん」

「いやあ、何と言われても、心当たりが多すぎてねえ」

処置なし、とはこのことだ。

祢津は因幡に指を突きつけると、

「おいお前。悪いことは言わねえから、こんなのと付き合うのはやめとけ。ダチは選べ。もし弱味を握られて脅されてんなら今すぐ警察に行け。いいな」

「え、あ、はい。ご心配ありがとうございます」

「おいおい青年。少しはフォローしてくれたまえよ。それじゃ私の立つ瀬がないじゃないか」

「どの口で言ってるんですか……」

因幡が半眼になっても、もちろん嵐崎は意に介する様子はなかった。因幡の肩に手を回し、祢津に言う。

「そうだ、敦。彼はジャバウォック――麻人さんの息子だよ」

「……なに？」

すでに車に戻ろうとしていた祢津だったが、その一言でドアを開ける手を止めた。振り返り、食い入るように因幡を睨む。

「……神代さんの？　本当か？」

因幡は頭を掻きつつ頷いた。

「あ、えっと……はい。どうやら」

「どうだい。とりあえず話ぐらいは聞く気になっただろう？」

嵐崎が笑顔でそう言うと、祢津はややあってからおもしろくなさそうに三度目の舌打ちをした。

「――は。つまり、こういうことかよ」

井の頭通りのファーストフード店で二階窓際のテーブル席に陣取った祢津は、仏頂面をぶら下げたまま、コーヒーにフレッシュとシュガーをどぶどぶ追加し、

「その早乙女とかいう代議士を失脚させるために、そいつが仕切ってるホテルから裏帳簿のデータを盗み出したい。だから、ホテルの警備員から逃げ切るために俺に手を貸せ、ってか」

「その通りだ」

向かいの席で、湯気を立てる紅茶を前に嵐崎は言った。

「この仕事にはただ速くというだけでなく、追手との駆け引き、さらには現場周辺の交通状況や信号のタイミングまで把握した上で車を走らせる技量が要る。つまり、都内のありとあらゆる公道に精通している君にしかできない仕事だ、敦」

その手放しの賛辞に、祢津は鼻を鳴らした。嵐崎がここまで言うからには、祢津は間

違いなく凄腕《すごうで》のドライバーであり、計画には絶対に必要な人材なのだろう。

しかし当の本人は、どかっとソファに腰かけた体勢のまま、

「馬鹿だ馬鹿だとは思ってたが、ここまで底抜けの馬鹿とはな。……あのな、そんなこと本気でできると思ってんのか？　どうせ俺の車に乗り込む前に、ホテルの中で警備員に取っ捕まってしまいだろ」

相変わらずの険しい表情で嵐崎をこき下ろした。それからちらりと因幡のほうに視線をよこすと、再び嵐崎を見やり、

「たしかに、神代さんには群馬のラリーでの借りがある。だからお前の話も一応は聞いてやった。けどな、わざわざ失敗する話に乗るほどこちとら暇でもイカレてもねえんだよ。……つーわけで、話はこれで終わりだ。二度と俺の前にそのツラ見せるなよ」

コーヒーを半分残したまま、祢津は席を立った。え、と因幡は慌て、

「ま、待ってください！」

思わず立ち上がって声をかけていた。祢津抜きには、おそらく嵐崎の計画は決行できない。そう思った途端、身体が勝手に動いていた。

「あ？」

「い、いやその……」

しかし立ち止まった祢津に、因幡は何も言えなかった。祢津を説得するための材料が

あるわけではなかったからだ。たちまち焦燥に駆られる。

だが祢津は、借りのある人間の息子だからか、棒立ちになったままの因幡をじっと睨むと、やがて舌打ちとともに席に戻った。そして、

「……おい、お前。因幡って言ったか」

「え、あ、はい！」

「お前は、なんでこんなふざけた話に乗った？　聞いた限り、お前にとっちゃ親父《おやじ》なんて、よく知りもしない他人みたいなもんだろ。なのに、どうしてここまでやる？」

「それは……」

因幡はその場に立ち尽くしたまま、かすかに視線を下げた。テーブルの上の紅茶のカップから立ち上る形のない湯気を見つめながら、言葉を探す。

「……たぶん、よく知りもしないからだと思います」

「あ？」

口から言葉が転がり出てくるままに、続けた。

「祢津さんの言う通り、僕はこれまで父親のことなんて何も知りませんでした。ずっと顔を見せようともしないし、どうせろくなものじゃない。そう決めつけて、気にかけようともしなかった。実際泥棒なんてやってたわけですから、その決めつけも別に間違ってたとは思わないですけど」

でも、と因幡。

「やっぱり、今は知るべきだったんじゃないかって思うんです。そうしてきちんと向き合っていれば、こんなふうに手遅れになってから、いろいろ後悔することもなかったんじゃないかって……」

震えるこぶしを握る。

「とにかく今は、父親を陥れた人間を、絶対にこのまま野放しにはしておけない。だから――」

祢津は鼻を鳴らした。

「だから、親父のあとを引き継いで泥棒か。まともじゃねえな」

因幡は口をつぐむ。たしかにそれを言われると、返す言葉もない。

……やっぱりだめか。

あきらめかけた因幡は、それでも祢津の反応が気になり、うつむいたまま目だけで様子をうかがった。すると祢津は無言で顔を上げ、目頭を押さえていた。ん？ と小さく首をかしげる因幡のそばで、嵐崎が紅茶を飲みながらからかうように言った。

「あれあれ、敦？ ひょっとして泣いているのかい？」

「……泣いてねえ」

と、本人は言うが――誰がどう見ても泣いていた。

顔を背けた祢津はトレイの上のナプキンを取ると、盛大に洟《はな》をかんだ。それから小さく息をついて嵐崎に向き直り、

「……仕方ねえ。お前の馬鹿な計画に乗ってやる。ただし勘違いすんな、お前のためじゃねえぞ。俺はこっちの、お前に輪をかけた大馬鹿野郎が放っておけねえだけだからな」

「相変わらず素直じゃないねえ、敦は」

そう言いながら嵐崎は、よくやった、と労《ねぎら》うように、因幡に片目を閉じてみせた。

「あ、あの！　本当にありがとうございます、祢津さん！」

「ああ、うるせえな。礼は獲物を盗めてからにしろ」

因幡の礼にひらひら手を振った祢津は、コーヒーを飲み干し、席を立った。

「とにかく、そうと決まればさっそく現場の下見だ。お前も付き合えよ、因幡」

その後、因幡たちは祢津の運転するメルセデスで新宿に向かい、クイーンズタワー周辺の下見を行った。

メルセデスの車内は外観同様、高級感のある美しいブラックで統一されていた。ステアリングやフロントパネル、本革のシート――どれもこだわりが感じられる。

「ああ、俺の車に乗るからには一つだけ言っとくぞ。まずシートベルトは必ず締めろ。

それから車内で煙草《ヤニ》は禁止だ。前にクリーニングしたばっかのシートに灰を落とされてひでえ目に遭ったからな。あとそれから――」

「あの、祢津さん……。もう三つ以上言うこと言ってますけど……」

「まあまあ青年。そこはいちいち突っ込まないであげてくれたまえよ」

助手席に因幡、後部座席に嵐崎を乗せたメルセデスは、クイーンズタワー正面の都庁通りを北上、交差点を左折し、ホテルの周囲を北通り、公園通りという順番でぐるりと回った。その後、再び北通りに戻り、西の新宿中央公園方面へと流れていく。

祢津の運転は、本人の荒っぽい言動とは裏腹に、これまでに体験したことがないほどの快適さだった。発進や停止、カーブが怖いぐらいにスムーズで、まるでGを感じないのだ。嵐崎が太鼓判を押すのもおおいに頷けた。

「やっぱ夕方以降になると、この辺りはかなり混みやがるな」

公園北の交差点前は、信号に引っかかった車列で大渋滞していた。

「こうなっちまうと車の間を縫うにも限界がある。追手からのリードタイムは十秒は必要だぞ」

「え、たったそれだけでいいんですか？」

因幡が素直に驚くと、祢津は満更でもない表情でドアサイドに頬杖を突き、

「は、まあな。俺ぐらいの腕になればちょろいもんだ。いや、十秒ってのも憶病すぎた

か。せいぜい五、六秒もあれば充分で――」

だが、後部座席で長い足を組んだ嵐崎が、そこへ澄まし顔で無茶を言ってのけた。

「いや、私の見立てでは、追手からのリードタイムは二秒――下手をするとゼロになる」

ずるり、と腕をすべらせた祢津は、バックミラー越しに嵐崎に嚙み付いた。

「おいこら無茶言うな！　物理的にコースが埋まってんのに、どうかわせってんだ。車道じゃなく歩道でも走れってか？　ステイサムの映画じゃねえんだぞ」

「それこそ東京随一を誇るトランスポーターの腕の見せどころだ。とにかく、わずかな間でいいから追手を完全に振り切ってくれ。ああそれとも、やっぱり敦でもできないかな？」

このあからさまな無理難題と挑発に、祢津は、「あ？」と目を細めた。

「……おい嵐崎。俺の一番嫌いなことが何かわかるか」

「私の言うことを聞くことかな？」

「そりゃ二番だ。一番はな、お前に、どうせできないだろ、って舐《な》められることだ」

渋滞先の信号が青になった。前の車のブレーキランプが消え、ゆっくり車列が動き出す。が、祢津はステアリングとシフトレバーに手を置いたままじっとしていた。

「あの……祢津さん。信号青ですけど」

険悪な雰囲気に、因幡がおそるおそるそう言った次の瞬間だった。

祢津がいきなりアクセルを踏み込んだ。たちまち目の前の車に追突しそうになり、因幡は、ひっ、と悲鳴を上げる。が、その直前、祢津は隣の車線に強引な割り込みをかけた。因幡がさらに大きな声を上げる中、祢津は車を手足のごとく操り、まさに網の目を縫うように車列を掻いくぐっていく。たちまちあちこちからクラクションが響き渡るが、メルセデスは最終的に列を抜け出し、それらすべてを後方に置き去りにした。

祢津はミラー越しに嵐崎を睨み、言う。

「俺を誰だと思ってんだ。何十台追手がかかろうが、残らず撒いてやるよ」

「さすがは敦。いい返事だ。――青年」

嵐崎は因幡を呼んだ。助手席でシートベルトをつかんで固まっていた因幡は、

「……は、はい？」

おそるおそる振り向く。すると、スマートフォンを差し出された。受け取ってみると、モニターには地図が表示され、矢印で二十三区外のある地点が示されている。

「このあと、敦と二人でそこに行ってくれたまえ」

「……な、何なんですかここ？」

モニターを確認した因幡は、それを祢津にも見せる。

「私が手配した整備工場だ。敦は盗みの決行時もこの車を使うんだろう？　それなら足

回りのチューンや偽造ナンバーの取り付け、ガラスのスモークも必要だ。今日中に突貫作業で終わらせるよう先方に話は通してある。もちろん代金も支払い済みだ」

それはつまり、祢津が仕事の話に乗ることを、嵐崎はあらかじめ見越して動いていたということだ。

すべて自分の手のひらの上、と言わんばかりの嵐崎の差配に、祢津は顔をしかめたが、

「ち……わかったよ」

今更ごねるのも馬鹿馬鹿しいと思ったのか、舌打ちとともにそう応じた。

が、

「よかった。ああ、それと明日からは早乙女の尾行も頼むよ。自宅を出るところから張って、どこで何をしているか、常に監視して報告してくれ。くれぐれも見つからないように」

しゃあしゃあと追加で命令され、さすがに目を吊り上げた。今度はバックミラー越しではなく、直接後部座席を振り返ってわめく。

「やっぱり俺はお前のことが大嫌いだ、嵐崎！」

「ははは。そこでノーと言わないんだから、敦は本当にお人好《ひとよ》しだなあ」

「やかましい！　てめえ今すぐ車から降りろ！　いや待て、やっぱり俺が引きずりおろしてやる！」

「ち、ちょっと前！　お願いですから前見てくださいって！　前ーっ！」

前後の座席で言い合いを始める二人に、因幡はたまらず悲鳴を上げた。

4.

さらにその翌日。午前中に新宿駅で嵐崎と合流した因幡は、ふと自分がまだ肝心なことを訊いていないのに気づいた。

「あの、そういえば嵐崎さん。早乙女の裏帳簿データって、そもそもクイーンズタワーのどこに保管されてるんですか？」

「そう、問題はそれだ」

嵐崎は駅の東口から新宿通りに出て靖国《やすくに》通り方面へ歩きながら、スマートフォンを取り出して操作し、因幡によこした。モニターには例のホテル立体図が表示されている。

「デザイン事務所や建設会社、警備業者のサービス提供記録を盗んで参照したところ、公表されてはいないが、早乙女は北ウィングの屋上に、個人用のペントハウスを所有していることがわかった」

「ペントハウス？」

改めてモニターに目をやり、指で北ウィング屋上を拡大してみる。するとそこには、たしかに広いルーフテラスの付いた施設が存在していた。

「ホテル内に、早乙女が人目をはばかるデータを隠せるようなパソコンやサーバーは存在しない。したがって早乙女の裏帳簿データは、間違いなくこのペントハウス内のパソコンに保存されている」

その断言に、因幡は首をかしげた。

「どうしてパソコンの中だってわかるんですか？　メモリーカードみたいなものに保存して、金庫に入れてあるかもしれないんじゃ」

「理由があってね。まあ、それはあとで説明しよう」

人通りの多い靖国通りの横断歩道を歩きながら、嵐崎は続ける。

「このペントハウスへの侵入ルートは二つ。まず一つ目はエレベーターだ。北ウィングのエレベーターホール向かって右の奥、五十一階以上直通の《エグゼクティブフロア専用ケージ》だけが、唯一このペントハウスへと通じている」

「たしか嵐崎さんの部屋へ行くときにも乗ったやつですよね」

「その通りだ」

嵐崎は頷き、

「ただ、ここで悪い知らせの二つ目がある。ペントハウスへ行くには、ケージにあるパネルの読み取りセンサーで、早乙女本人が指紋認証をクリアしなくてはならない」

次の画像を、と嵐崎が言うので、因幡はスマートフォンの画面をスワイプした。すると、エレベーターのケージ内を隠し撮りした画像が出てくる。

以前乗ったときは気づかなかったが、たしかに階数表示とボタンが並んだパネルには、六十階の上に『R』というボタンがあった。そして、パネル下部には名刺大の黒いセンサーが張り付けられている。これに指を押し当て、指紋認証をクリアしなければ、ペントハウス行きの『R』ボタンは反応しないのだろう。

「……階段はないんですか？　たしか高いビルには、必ず非常用の階段を造らなきゃいけないって聞いたことがありますけど」

「そう、それが二つ目のルートだ。ただし、六十階からペントハウスへ続く階段の出口には耐火耐衝撃性の扉が備え付けられていて、ペントハウス側からでないと開けられない構造になっている」

「要するに、エレベーターと階段――二つある侵入ルートはどっちも使えないってことですか」

「残念ながらね」

台詞と裏腹に嵐崎は嬉しそうだった。二人は横断歩道を渡り、そのままアーチをくぐって歌舞伎町へと足を踏み入れる。

「まあ、なんとかしてペントハウスには侵入できたとしよう。だが、ここで三つ目の悪い知らせがある」

指示に従い、モニターを切り替える。表示されたのは、ペントハウスの鳥瞰図《ちょうかんず》だった。

嵐崎が宿泊しているスイートもその贅沢さに驚いたが、早乙女のペントハウスはそれよりさらに広く、部屋数も多かった。ダンスホールほどの広さのリビングが三つに、ダイニングが二つ、寝室にいたっては大小八つもある。他にも様々な名前の付いた部屋があちこちに設けられ、もはや数えるのも億劫《おっくう》になりそうだった。

「このペントハウスは、すべての部屋に3Dレーザーセンサーが仕掛けられている」

「……3D？」

聞き慣れない単語に瞬きする。嵐崎の目顔に応じて指をすべらせると、続いてモニターには天井に取り付けられたセンサーの実物画像が表示された。全方位型カメラのような黒い半球状の代物だ。

「赤外線センサーはわかるかい。二点間に目に見えない赤外線を照射して、それが遮られれば警報を鳴らすという装置だ。あれはレーザーを〝直線〟で照射している、いわば2Dレーザーセンサーだ。だからその照射位置や角度、あるいは動きのタイミングを把握できれば、避けることも掻いくぐることもできる。だが3Dレーザーセンサーは、文字通りレーザーを〝直線〟ではなく〝空間〟にスポット照射する。そのため一切の死角がなく、避けることも掻いくぐることもできない」

画像を送ると、今度はペントハウス鳥瞰図からCGで作られた立体のペントハウス内部図が立ち上がり、天井に設置されたセンサーが赤い光点として示された。さらにそれから3Dのレーザーが照射され、ハウス内の空間を隙間なく埋め尽くしてしまう。

「ちなみに3Dセンサーは、エレベーターケージの指紋認証と連動していて、それを通さない限り解除できない」

つまり、そもそも現場に侵入することもできなければ、侵入した先で身動き一つ取ることもできないという状況らしい。

「……あの、こんなとんでもないところから本当に盗めるんですか?」

因幡が盛大に眉をひそめると、嵐崎は肩をすくめ、シネシティ広場に面したビルに入った。どうやらダーツやビリヤード、カラオケなどのアミューズメント施設がそろったビルらしい。エレベーターホールで五階のボタンを押しながら言う。

「それはこれから会う人の返事次第さ」

ケージの到着を待ちながらフロア案内に目をやると、五階はネットカフェだった。

昼間にもかかわらず間接照明だけの薄暗いフロアには、パーテーションで区切られた個室がずらりと並んでいた。カウンターで自分と因幡、二人の料金を一時間分支払った嵐崎は、その個室の間をすたすたと進んでいく。

「あ、ちょっと嵐崎さん！」

因幡は店員から番号札を受け取り、慌ててそのあとを追った。嵐崎は一番奥の、指定されたのとは違う個室の前で立ち止まると、その戸を小さくノックした。

「――やあどうぞ。開いてるよ」

すると、すぐに個室内から返事があった。嵐崎が戸をスライドさせる。

一畳にも満たない窮屈な空間――そこに男が一人、こちらに背を向けて座っていた。

「ご無沙汰しています、真《まこと》さん」

「うん、ご無沙汰。元気そうで何よりだよ、嵐崎くん」

真と呼ばれた男は、キーボードを叩《たた》きながら言った。その目はPCモニターに注がれたままだ。どうやらモニターに反射する映り込みで、こちらを確認したらしい。

歳は三十代だろう。黒髪を爽やかに刈り込み、人のよさげな目元には丸いフレームのユニークな眼鏡をかけている。背はおそらく嵐崎よりも高いが、ひょろりと痩せ、肌も磁器のように色白だ。どこかインテリめいた雰囲気を漂わせているが、その服装はアロハシャツに膝丈のショートパンツという季節感ゼロの出で立《い》ちだった。

「お仕事中でしたか？　でしたら出直しますが」

「いや、大丈夫だよ。こっちこそすまないね。約束の時間までには終わると思ってたんだが、少し遅れが出てしまった。帝新《ていしん》銀行のシステム構築にまつわる案件なんだが、知人からアドバイスを求められて、断れなくてね」

男が使っているPCはカフェに備え付けのものではなく、自ら持ち込んだらしいシルバーのノートだった。そのキーボードを叩く指は目にも止まらぬほど速い──というわけではない。が、常にテンポが一定で、画面に浮かぶ黒いウィンドウには淀みなく文字列が記述されていく。それを嵐崎と会話しながらこなすのだから、まるでこの男自身が、タスクを並列処理する演算装置《プロセッサ》のようだった。

嵐崎が言った。

「メッセージでもお伝えした通り、こちらも仕事をお願いしたいんですが」

「ああいいよ。やろう」

「えっ」

そのあまりの即断即決ぶりに因幡が思わず声を上げると、男はぴたりと手を止めた。モニターの映り込みを介して、因幡と目が合う。

「嵐崎くん。彼が、神代さんの息子さん？」

「ええ」

嵐崎は頷いた。因幡は慌てて会釈し、自己紹介する。

「か、柏手因幡です」

男はおもむろに振り返ると、穏やかな目で因幡を見つめた。右手を差し出し、

「やあ、会えて嬉しいよ。僕は真。平家《へいけ》真。よろしく」

因幡がおそるおそるそれを握り返すと、平家は親愛を示すように微笑んだ。

「青年。《LAND《ランド》》は知っているかい」

「LAND？　それはもちろん知ってますけど」

LANDといえば国内はおろか、海外でももっともポピュラーなSNSの一つだ。因幡も普段から無料通話やメッセージ機能を使っている。嵐崎から初めて来たメッセージも、LANDを通じて送られたものだ。

「それを作ったのが真さんだよ」

「え？」

一瞬何を言われたのかわからなかった。

「え、作ったって……え？」

再びモニターへと向かった平家は、キーボードを叩きながら、はは、と笑い、

「UCLAに留学していたとき、向こうの同級生たちとスタートアップさせてね」

と、事もなげに言った。

「とはいえ会社はもう辞めたし、持ち株も全部処分したよ。まとまったお金も必要だったからね。けれど、せいぜい三十五億にしかならなかった。税金を抜いて支払いに回し

たら綺麗《きれい》に消えてなくなったよ。今やしがないネットカフェ暮らしの一文なしさ」

とんでもない身の上をさらっと明かされて返事に窮する因幡に代わり、嵐崎が言う。

「賠償金ですよね。二百件でしたっけ？」

「いや、二百三十四件だ」

「まったくひどいものです。最初にアイディアを考えて、サーバーやアプリの設計から実装まですべてこなしたのは真さんだというのに。共同創業者が株主を抱き込んで真さんを追い出しにかかり、真さんがその取り消しを求めて提訴すれば、今度は向こうが開発時の資金の悶着《もんちゃく》を巡って逆提訴だなんて」

平家は肩をすくめ、

「もういいさ。ただ人の成果を盗んだなら盗んだで、もっとうまく使ってほしいけれどね。僕のアイディアと技術の産物が、あの程度の代物だなんて世の中に思われることこそ大迷惑だ。同じ泥棒でも、君のほうがよっぽどましだな、嵐崎くん」

「そう言っていただけて光栄の至りです」

笑い合う嵐崎と平家のやりとりに、因幡は頭を押さえることしかできなかった。……祢津に続いて、またとんでもない人が増えてしまったように思えるのは気のせいだろうか。

「オーケー、終わったよ」

キーボードを叩く手を止め、平家が振り返った。

「君たちの仕事の話に移ろう。と、その前に嵐崎くん。一万円ほど貸してくれないかな」

「それはもちろん構いませんが。何に使うんです?」

平家は邪気のない様子で笑いながら言った。

「なに、ここの料金を払いたんだが、知っての通り一文なしなんでね。悪いけど、立て替えておいてくれるかい?」

ハイネックにスキニーデニムという恰好に平家が着替えるのを待ってから、三人は近くのファミレスに入った。モーニングを注文した平家はトーストを一口かじると、

「それで?　現場はクイーンズタワー東京だったかな?　セキュリティをクラックすればいいのかい?」

相変わらず穏やかな物腰のまま、因幡には目が回りそうなテンポで話を進める。

「ええ。できそうですか?」

嵐崎が訊くと、平家はおしぼりで手を拭いてから、テーブルに置いたノートPCを手元に引き寄せた。かたかたとキーを叩き、

「——うん、できたよ。今、防犯カメラに侵入してる」

思わず飲んでいた紅茶を噴き出しそうになった。

呟き込む因幡に平家は微笑むと、くるりとモニターをこちらに向けてみせる。

画面にはウィンドウが一枚開いており、そこにはクイーンズタワー一階ロビーの様子が映っていた。フロントにいる受付係や手続き中の客の姿、その細かい動きや表情まではっきりと確認できる。画面右上のタイムスタンプも『十一月十六日』と今日付けになっていた。間違いなく防犯カメラが捉えたリアルタイムの映像だ。

さらにそのウィンドウの横には、もう一枚黒いターミナルウィンドウが開かれていた。平家はそこにカメラのシリアルナンバーらしき番号を含めたスクリプトを入力し、実行する。するとウィンドウの映像が、シーツの並べられた廊下、客が佇むエレベーター内と、別のカメラのものに切り替わる。

「これでカメラ映像の覗《のぞ》き見《み》はもちろん、別のダミー映像に差し替えることも可能だよ。けれど差し替えは一回きりが無難かな。でないと、バレる確率が高くなりそうだ」

因幡は口元を拭いながら訊いた。

「こ、こんなに早くどうやって……？」

「まあ嵐崎くんにメッセージで頼まれたときに、あらかじめ少し調べておいたからね」

平家は頬杖を突き、

「このホテルのカメラ、ほとんどが《クローバーソリューションズ》から七年前にリリースされたものだね。ファームウェアの一部に下請けメーカーのコードライブラリが採用されてるんだけれど、そこに脆弱性《ぜいじゃく》が発見されて、一時期ハッカー同士のC2Cでよくやりとりされてたんだ。それがほったらかしになってたよ」

因幡は眩暈を覚え、頭を押さえた。嵐崎が訊いてくる。

「ん？　どうしたんだい、青年」

「いえ、ちょっと展開の速さについていけなくて……」

「はは、持ち上げてもらって恐縮だけれど、この程度は大したことじゃないさ。——ただ、こっちのほうは少し厄介かな」

「こっち？」

「ペントハウスの3Dセンサーだよ」

平家は再びキーを叩く。すると別の文字列で埋め尽くされたウィンドウが、モニターに表示された。それを確認しながら言う。

「サーバーOSのバージョンも最新だし、今のところ突ける隙がなさそうだ」

「それじゃ、3Dセンサーは止められないってことですか？」

「そうなるね」

やはり一筋縄ではいかないらしい。因幡は眉をひそめ、嵐崎に訊いた。

「……どうするんですか？　このままじゃ、わざわざ捕まりに行くようなものですよ」

「そうだねえ」

嵐崎は両手を合わせ、考える素振りを見せた。ややあってから平家のほうを見て、

「真さん。ここは〝APT〟でどうです？」

「異議なしだ。君のことだから、もう目星は付けてあるんだろう？」

平家が微笑むと、嵐崎も口の端を上げて応じる。「APT？」と因幡が首をかしげているると、こちらを向いた嵐崎は満面の笑みで言った。

「青年、君に一つ大事な仕事がある」

「な、何ですか……」

因幡は思わず顔をしかめた。嵐崎がこういう顔をするときは、大抵自分にとってろくでもないことを言い出すときだとわかっていたからだ。そしてこのときも、やはりその予感は裏切られなかった。

「ナンパをしてきてくれたまえ」

嵐崎の命令に、因幡は、「……はい？」とますます顔をしかめてしまった。

5.

十月十七日、日曜日。

《ダイヤモンド警備保障》に勤める竹里康太郎《たけざとこうたろう》はその日、遅番勤務のため、午後二時に職場であるクイーンズタワーに出勤した。

南側の新宿中央通りのステップを上がり、関係者専用入り口からIDカードとパスコードでホテルに入ると、更衣室に直行し、制服に着替える。そして早番担当者からの引き継ぎ、無線の機器チェックなどを終え、モニタールームに入った。

モニタールームは壁に十台の、デスク上に三台のモニターが並んでいる。その画面は一つ一つが四分割され、ホテル内に設置された防犯カメラの映像が表示されていた。それらに異常がないことをざっと確認する。

……やれやれ。今日もまた何事もなく、退屈と眠気を相手にすることになるのだろう。

竹里がため息とともに首を振ったそのときだ。自分のIDでログインした端末のモニターに、メールの着信を知らせるアイコンが表示された。

送信者は『竹里文江《ふみえ》』となっている。妻の名前だ。まったく、と竹里は嘆息した。

妻は自分の勤務中にも、構わずスマートフォンにメールを送ってくる。もちろん緊急の用件であれば仕方ないが、その内容はいつも友人と出かけた先の夜景や、食べたディナーの写真など、どうでもいいものばかりだ。亭主が仕事中に自分だけのびのび羽を伸ばしていい気なものだ、と竹里が無視していたら、今度は職場のアドレス宛に送ってくるようになってしまったのである。職務上のコンプライアンスに引っかかるのでやめろ、といつも言っているのだが、未《いま》だに直る気配はなかった。

とはいえ一応確認しておかないと、あとで不機嫌になることは目に見えている。竹里は退屈さに倦《う》んでいたこともあり、マウスを操作し、そのメールを開いた。

内容はやはり他愛のないもので、竹里からもらった優待券で友人とクイーンズタワー内のフィットネスジムに行ったところ、そこで大学生の友人ができ、一緒に写真を撮ったので送る、といったことが書かれていた。

……まったく、いい気なものだ。

再度嘆息した竹里は、同僚がトイレで席を外した隙に、その写真が添付されたファイルをクリックした。

「——オーケー。獲物がかかったよ」

その平家の声に、慣れない仕事で疲れ切り、向かいでテーブルに突っ伏していた因幡は、「え？」とのろのろ顔を上げた。場所は昨日と同じ歌舞伎町のファミレスだ。

「よくやってくれた、柏手くん。おかげでＡＰＴに成功したよ」

「はあ……」

平家はＰＣモニターから顔を上げて微笑み、因幡を労う。が、因幡は首をかしげ、

「あの……そもそもＡＰＴって何なんですか？」

すると、隣でペーパーバックをめくっていた嵐崎が本を閉じ、言った。

「標的型攻撃だよ、青年」

「標的型？」

「そう。この場合の標的とはクイーンズタワーの警備員、竹里康太郎。そして、彼の妻である竹里文江だ」

「……竹里さんが？」

——ナンパをしてきてくれたまえ。

嵐崎の命令に従い、今日の午前中、因幡はクイーンズタワー南ウィング五十四階にあるフィットネスジム《ブレード》にて体験入会を行い、そこで竹里文江という女性に声をかけた。——というのは事実とは異なる表現であり、正確には因幡が声をかける隙をうかがっていると、あちらから因幡に声をかけてきたのである。

竹里文江は福々しい五十代で、友人とおぼしき同年代の女性と二人で来ていた。因幡は彼女に不慣れなトレッドミルの使い方を教えてもらい、さらにその後、メールアドレスを交換し、一緒に写真を撮影したのだった。

「まず君が手に入れてきた竹里文江のアドレスに、撮った写真をファイルで送り、そのファイルが開かれると同時に彼女のスマホがマルウェアに感染する仕掛けを作っておく。これが攻撃の第一段階だ」

「マルウェアって……たしかＰＣやスマホを不正に操作するプログラムのことですよね？」

「その通りだ」

頷く嵐崎から、ＰＣを操作しながら平家があとを引き取る。

「そのマルウェアで竹里文江のスマホを乗っ取ってデータをすべて吸い出し、今度は竹里康太郎の職場のアドレスをゲットする。そして文江と同じドメインでよく似たアドレスを取得し、康太郎に『竹里文江』名義で同じマルウェア入りメールを送るのさ」

「もちろん竹里康太郎の勤務シフトや、文江が康太郎の職場のアドレスによくメールを送っていることは、あらかじめ調べておいた」

「あとはクイーンズタワーの警備室の端末で、康太郎がメールの添付ファイルを開いてくれれば、その端末もマルウェアに感染する。その端末を足がかりにして、今度はホテルの警備システムそのものをクラックするんだ」

あっという間にセキュリティシステム無力化の段取りを整えた手際に、因幡は驚くやら呆れるやらの心地ながら、一つだけ納得できないことがあった。

「あの……ところで、竹里さんに声をかけるのがどうして僕だったんですか？　嵐崎さんがやればよかったんじゃ」

それこそ大学ではあれだけ女子に人気なのだから、と思っていると、ペーパーバックをテーブルに置いた嵐崎は、紅茶のカップを手にして答えた。

「竹里文江は、現在売り出し中の少年アイドルグループのファンなんだ。まあ君がアイドル級の素材かどうかはわからないが、少なくとも歳は近かった」

「いやちょっと！　そんな理由ですか!?」

わめく因幡。平家がキーを叩きながら笑う。

「いやいや柏手くんはとても可愛《かわい》い顔をしているよ。きっと年上に好かれるタイプだ」

「というわけで、私よりは可能性が高いと踏んだんだ。実際うまくいったじゃないか」

「……まあ、それはそうですけど」

憮然としつつも頷く。たしかに最初は戸惑ったが、あれぐらいの年代の女性とは、母やバイト先のスーパーの店員など、話す機会が結構多いので案外まともにやりとりできた気はする。

「ソーシャルハックは泥棒の基本だ。特定の人間に好かれる君には、やはり才能があるんだよ」

嵐崎の褒め言葉に因幡がため息をついたところへ、平家が言った。

「オーケー。とりあえずクイーンズタワーの警備システムに侵入できたよ。IDSもIPSも今のところ動作なしだ」

「3Dセンサーのクラックはどれぐらいでいけそうですか？」

「そうだね。まずパスを抜いて、それからじっくりイントラネットの偵察だ。今はなるべく早く、とだけ言っておくよ」

「頼みます」

嵐崎は因幡のほうを向くと、心底楽しげに言った。

「さあて、いよいよ計画も大詰めだ、青年」

MISSION. 3 侵入

1.

赤坂の高級料亭《駒井《こまい》》は、政財界の著名人が足繁《あししげ》く通うことでよく知られている。

瓦塀に囲まれた敷地《しきち》に建つ、重厚な黒漆喰《しっくい》がモダンなその亭内では、かつて大きな政策の相談からインサイダーな談合、下世話な醜聞まで、表に出ないいくつものやりとりがされたといい、廊下の壁や天井には、それら歴代議員や役員たちの密談の数々が染み付いているかのようだ。

その駒井の座敷《ざしき》の一つに、その夜、自栄党の幹事長、政調会長、総務会長——いわゆる党三役と呼ばれる顔ぶれがそろっていた。

美しい日本画がかかった床の間を背にして座るのは、政調会長の流郷錬三郎《りゅうごうれんざぶろう》、その隣は総務会長の渕上啓吾《ふちがみけいご》である。

そして、

「──早乙女くん。まずは新総裁、おめでとう」

その向かいには、自栄党幹事長を務める早乙女巌がいた。

座卓には、あんこうの共肝和《あ》えと凌《しの》ぎの握り寿司が来ている。ビールの注がれたグラスを手にした流郷と渕上は、それに口をつける前からすでに上機嫌な様子だ。

「お二人より賜《たまわ》った、ご厚意のおかげです」

早乙女は両手で流郷と渕上より低くグラスを掲げ、乾杯とする。

「貝塚派以外の、ほぼすべての派閥は押さえた。これで対立候補の利根崎《とねざき》も打つ手なしだ。まあ、跳ねっ返り議員の跳梁《ちようりよう》を許しているところもあるようだが……それはあえて締めずにおいた。どちらにしても大勢は揺るぐまい」

渕上がビールを飲みながら言う。年齢は七十後半。総白髪で枯れ木のような身体つきをしているが、その手腕はしたたかかつ老練で、グラスを傾ける姿はまるで酒精を口にする仙人のようだ。

「あえて、とおっしゃいますと？」

早乙女が口元に浮かべた笑みを絶やさぬまま訊くと、流郷が答えた。

「なに。勝ちが過ぎては後々角が立つということだ。向こうにも、少しばかり健闘したという手応えを味わわせてやりたまえ」

渕上と対照的に、流郷のほうはどっしりと重心が低い。同じく七十後半のはずで、顔には相応にしわがだぶついているが、その目だけは爛々《らんらん》としてエネルギッシュだ。鉄火場でも躊躇《ちゅうちょ》なく怒鳴り声を上げそうな、異様な迫力がある。

「これはお見それしました。今後とも、なにとぞご指導ご鞭撻《べんたつ》のほど、よろしくお願い申し上げます」

頭を下げながら、早乙女は内心で嗤《わら》った。……よく言う。どうせもしものときに鞍替《くらが》えする道筋を残しておくためだろうに。

とはいえ、それは早乙女自身も承知しているところだった。二手三手、あるいはさらに先まで読むのが政治家というものだ。まして流郷と渕上は党内の影のフィクサーとして何度も総裁を立て、国のトップに送り出してきた実力者である。さすがに抜かりない、と言うべきだろう。

「よせよせ、幹事長。序列は君が上だ」

「その通り。まして、これから首相になろうという男が」

何より今は、真《しん》に国を動かしているのは自分たち、という幻想にひたらせておいてやる必要がある。なぜならそれが二人への、一番の鼻薬になるからだ。

「さあ、今度はこちらの酌も受けてもらおうか。まさか嫌とは言わんな、早乙女新総裁？」

「恐れ入ります」

ビール瓶を片手で突き出しながら、流郷が言った。

「そういえば、来月には君のところのホテルで決起大会だったたな。いや、もはや前祝いのようなものか」

「ええ。お二人からも、ぜひお言葉を頂戴できればと思っております」

酌を受けながら、早乙女は返事をする。

「そうか。なら、せいぜい場が盛り上がる祝辞を考えておかんとな」

「おい、ほどほどにしておけ。お前は昔から興が乗ると、とにかく話が長くなるからな」

流郷と渕上のやりとりに、早乙女は表面的には穏やかな笑みを浮かべる。

が、その胸には、まるで隙間風が吹くような空《むな》しさを覚えていた。


「――では早乙女くん、お先に失礼するよ」

小一時間美味い酒を飲ませ、気持ちよく酔わせてやってから、早乙女は流郷と渕上を送り出した。玄関で、それぞれが乗り込んだ車に一礼し、見えなくなるまで頭を下げる。

再び顔を上げたとき、その口元から笑みはすっかり消えていた。

これから自分が総裁、首相となり、思い通りの政策を進めていくためには、まだあの二人の力が要る。だが、いつまでも上座に座られては目障りだ。そろそろ連中を切る算段も始めなくてはならない。

もちろん穏便に済ませるのであれば、議員を引退させ、その後は悠々自適の生活を送らせてやればいい。しかし、それでは引退後も同派の傀儡《かいらい》を使ってあれこれ口を出してくる可能性がある。となれば、どうあってもそんなことができないよう、きっちり政治家としての息の音を止めてやる必要があるだろう。

「…………」

早乙女は頭の中で考えを巡らせながら、しかし一方で、先ほどの冷ややかな空しさが胸にぶり返すのを感じていた。

退屈だとは言わない。ただ――他愛ない。所詮はこんなものか、という思いが拭えなかった。

流郷、渕上、その他の海千山千の連中との腹の探り合いは、たしかに神経を使う。しかし、概してあがりの見えた老人がまず望むのは〝保身〟だ。それがある限り、妥協点を見い出し、都合のいいように動かしてやるのは、早乙女にとって造作もないことだった。例えるなら、引き分けにすることを示し合わせた相手とチェスをやっているようなものだ。最初からゲームにすらならない。

……いっそ流郷、渕上の二人とも、どちらの立場が上なのかをはっきり理解させてやった上で、今すぐ始末してやろうか。

一瞬そんなふうに、ひどく好戦的になっている自分を見つける。が、それだけだ。すぐに苦笑し、首を振って考えを振り払う。

……あの二人など、そう熱くなるほどの相手ではない。自分の相手は、間違いなく他にいる。

「――先生。お次は銀座です」

「ああ、わかっているよ。車を回してくれ」

車の後部座席に乗り込んだ早乙女は、助手席の秘書に訊いた。

「菱川《ひしかわ》くん。例の盗まれた資金の件はどうなっている？」

「警察に問い合わせましたが、捜査は行き詰まっているようです。申し訳ありません」

「いや構わんさ。あの程度の金は問題じゃない」

そう。むしろ、目下の問題は別にある。

二ヶ月前、早乙女の資金管理団体である三葉会から、五千万円の政治資金が盗まれた。ビルのセキュリティに穴はなく、侵入は決して容易ではなかったはずだ。しかし犯人は、現場に何一つ身元に繋がりそうな手がかりを残していないという。

その鮮やかな手際と、何より大口の政治資金を狙う手口に、早乙女は、かつて繋がりを持っていた泥棒――ジャバウォックのことを連想しないわけにはいかなかった。

早乙女が神代麻人と知り合ったのは、まだ財務省に勤めていたときのことだ。

つくづく妙な男だった。仕事はでき、職場での信頼は厚い。付き合いも悪くなく、会話の中では笑顔も見せる。口数そのものは決して多くなかったが、ときどき発する深奥を突く一言で周囲をはっとさせ、自然と人の輪の中心にいるタイプだった。

しかし、それでいてどことなく陰があり、一人が似合う男でもあった。有体に言えば、その身にアウトローな気配を漂わせていた。

早乙女はそんな神代と、なぜか奇妙に馬が合った。そのせいか、将来政界に身を投じるつもりでいることをつい酒の席で話したりした。省庁の出世レースも悪くはない。だが、どろどろした政界のほうがより生き馬の目を抜くゲームを楽しめそうだ、と。

若さゆえの失敗だった。いくら酔っていたとはいえ、他人に心の裡を見せるなどどうかしている。だから、あくまで酒の席の上での戯れだ――すぐにそう取り繕った。

しかし神代は、自分の話をおもしろそうに聞いていた。そして、

「――夢があるのはいいことだ。そのときには、ぜひ自分にも協力させてくれ」

などと言った。

何を青いことを、と早乙女は失笑しつつも、なぜかその言葉は妙に心に引っかかった。

その後、早乙女家に婿入りし、今の名と強大な後ろ盾を手に入れた早乙女は、財務省を辞し、満を持して自栄党の公認を受け衆議院議選に出馬、当選を果たした。

しかし政界も上層部はがちがちに固められており、権力の中枢に入り込むにはやはり時間がかかりそうだった。

そんなとき、早乙女は偶然、ある野党議員と財務官僚が汚職に手を染めているという情報をつかんだ。これを告発すれば、自分の党内での発言力は間違いなく強まるだろう。

……ものにするには、何より動かぬ証拠が必要だ。

それを神代に話したのも、いわば戯れの一環だった。

「ふうん、なるほど」

そう言って口の端を上げた神代は、数日後、財務省の機密データの入ったメモリを何も言わずによこしてみせた。

さすがに言葉を失う早乙女に、神代は言った。

「こちらも楽しませてもらったよ、早乙女さん」

そのとき初めて早乙女は、〝泥棒〟という神代のもう一つの顔を知ったのだった。

「――先生、どうかされましたか。ずいぶんご機嫌がよろしいようですが」

「いや、何でもないよ」

ミラー越しの秘書からの質問に、早乙女は微笑を浮かべた。

その後、早乙女と神代の関係は十三年にもわたって続いた。早乙女は政敵の汚職や不祥事の情報を神代に渡し、神代はその証拠と表沙汰にされにくい金を盗む――いわば互いを利用し合う関係だった。

だが。

「…………」

今にして思えば、早乙女はその関係を、心の底から楽しんでいた。

企みが成功すれば、ライバルをごぼう抜きにして政治的躍進を遂げられる。が、事実が明るみになれば、即座に身の破滅が待っている。そんなスリリングな毎日に、ぞくぞくするほどの快感を覚えていた。あれほど充実していた時間は、あとにも先にもあの頃だけだ。

ただ早乙女も、もちろんそんな時間がいつまでも続くとは考えていなかった。神代には適当なところで金を握らせるか、あるいは家族を人質に脅すかして、関係は清算するつもりでいた。

しかし計算外だったのは、神代が大きな仕事を次々に成功させ、本来表沙汰にされにくいはずの事件がおおやけになってしまったこと。さらに〝怪盗〟〝ジャバウォック〟などという通称までつけられ、世間から騒がれるほどの存在になり始めたことだ。

事がそこまで大きくなった以上、後始末は慎重に、そして確実を期す必要があった。

だから早乙女は、神代を罠《わな》にかけ、始末したのだ。

ゆえに二ヶ月前の犯行が、神代の仕業であるはずがない。

ただ――神代には何人かの仕事仲間がいた。早乙女自身も一、二度だけ顔を合わせたことがある。三葉会から資金を盗んだのは、十中八九そいつの仕業だろう。先述の通りのやり口はもちろん、現場の状況証拠もそれを裏付けている。

三葉会での犯行で、どうやら犯人はひと気の絶えた深夜、すべてのセキュリティを解除して入り口から堂々とビルに侵入したらしい。ＩＤカードの複製やパスコードの入手、三重錠金庫が設置されていた部屋の隠しドアを苦もなく発見していることなどから、犯人は内部の人間だと警察は見ているようだが――

「資金の他に盗まれたものは？」

「いえ何も。ただ、資料をあさられた形跡がありました」

「……裏帳簿か」

「はい。暗号化してあったので、一見してどれがそうとは悟られなかったはずですが」

ただの金目当ての泥棒が、数字だけの分厚い資料に興味を示すはずがない。

となれば、敵が次に狙ってくるのは間違いなくそれだろう。

早乙女はすぐに裏帳簿の資料を破棄させると、記載されていたデータをメモリに入れ、クイーンズタワー屋上のペントハウスへ移した。大勢の警備員と厳重なシステムによって固められた、早乙女にとって世界でもっとも信用できる場所の一つである。

しかし。

敵はあのジャバウォックの子飼いだ。慎重を期して、やりすぎということはない。

そこで早乙女は、裏帳簿データにさらなるセキュリティを仕掛けるべく、ある場所へと電話をかけた。

まさしく互いの身の破滅を賭けたゲーム――久々に味わうそのひりつく感覚に、

……敵の顔を直接拝めないのが残念だ。

早乙女は知らず知らずのうちに、口元に笑みを浮かべていた。

2.

十一月二十四日、日曜日。

「――よう、平家さん。ご無沙汰」

「やあ、祢津くん、君もか。よく君が嵐崎くんの計画に乗ったなあ」

池袋北口の路地裏にある喫茶店に呼び出された祢津と平家は、気安い挨拶を交わし合った。店内は相変わらず流行っている様子もなく、他に客の姿はない。

ボックス席に座った祢津と平家はそれぞれ、寡黙な老店主が運んできたコーヒーとコーラを飲みながら、盗みの計画について世間話のように続けた。

「それで首尾はどうだい？」

「あー、正直苦戦してるな。リードタイムゼロから渋滞の中を掻いくぐって追手を振り切るイメージがまだできてねえ。そっちは？」

「同じく手こずってるよ。システム内の侵入に備えたサンドボックスがいちいち面倒なんだ。カメラ掌握がさくっと行ったから少し舐めてたけれど、なかなかどうして強敵だよ。できれば、もう少し時間がほしいところだね」

そこで二人は、同じくボックス席に座り、無言で紅茶を飲んでいる嵐崎に目をやった。

「おい嵐崎、盗みの決行日はいつにするんだよ。こっちは平日かそうでないかでラッシュの時間も違うし、土日なら道路工事も休みになるんだ。天気で路面のコンディションも違うしな。とっとと決めろ」

窓の外に目をやっていた嵐崎は、ん、と店内に顔を向け、

「ああ。決行日は、十二月七日の土曜日にするよ」

と言った。

「は？　おい待て」

途端に祢津が声を荒らげる。

「今日が二十四日だぞ？　もう二週間もないじゃねえか！」

「どうやらそのようだねえ」

祢津は片手で顔を覆い、ぐったりしてみせた。平家が動じた様子もなく訊く。

「理由は？」

「二つあります」

嵐崎は言った。

「まず知っての通り、自栄党の総裁選が執行される。その日程が十二月二十日だ。ただ公職選挙法が適用されないとはいっても、どうせマスコミは慣例重視で選挙期間中は動かなくなる。だから裏帳簿データを盗めたとしても、直前では早乙女を失脚させる手立てがない。かといって、早乙女が当選してしまってからでは手の打ちようもない」

「なるほどね。つまり、十二日間の選挙期間に入る前の十二月七日。その日がタイムリミットというわけか。それまでにデータを盗み出せなければ――」

「私たちの負けです」

祢津は鼻を鳴らし、

「二つ目の理由は何だよ」

「十二月七日に、クイーンズタワーで早乙女主催のパーティーが開かれる。総裁選に向けた決起大会だが、実質彼らにとっては前祝いみたいなものだろう」

「おい待て。まさか、わざわざ早乙女がホテルにいる日を狙うつもりか？」

「その通りだ」

「正気か？　早乙女のパーティーってことは、どうせ集まるのは政治家やその取り巻きばっかだろ。警備は余計厳重になるぞ」

「もちろん承知の上さ」

一体何を言ってんだこいつは、とばかりに眉根を寄せる祢津に代わり、平家が言った。

「その日なら、警備員の注意はパーティーのほうへと注がれる。その分、こっちは手薄になる。死中にこそ活あり。ピンチはチャンス。そういう作戦かな？」

「いえ」

平家の指摘に、嵐崎は小さく首を横に振り、

「実は先日、私の協力者から情報提供がありまして。早乙女が裏帳簿データに、新たに厄介なセキュリティを仕掛けたらしいんですよ。それを破るためにはどうしても、計画の決行日を早乙女のパーティーと合わせる必要があるんです」

祢津はもちろん、平家も首をかしげた。その両者にどういった因果関係があるのか、量りかねたのだろう。が、やがて、なるほど、と頷き、

「どうやら込み入った話のようだね。……いずれ詳しく聞かせてもらえるのかな？」

「ええ、必ず」

「わかった。なら、この話は預けておくよ。僕は僕の仕事に専念しよう」

嵐崎のことを信用してか、平家はそれ以上追究しなかった。ありがとうございます、

と微笑む嵐崎に、祢津は疑いの眼差しを向け、

「……お前、本当はただ逆張りしたいだけじゃねえだろうな？」

「それなら、降りて白旗でも上げるかい？」

「は、別にやらねえとは言ってねえだろうが」

祢津が不機嫌そうに言うと、嵐崎は笑顔になり、

「よかった。では敦、これを買ってきておいてくれるかい」

コートのポケットから一枚のメモ用紙を取り出し、テーブルに置いた。あ？　と祢津はそれを手に取り、書かれていたリストに目を通す。

「……園芸用の肥料五キロ、トイレ用洗剤、バッテリーの電解液？　何だよこりゃ」

「計画に必要な道具《プロップ》の素材だ。電解液は希硫酸。肥料は硝酸アンモニウムにカリウム、尿素。トイレ用洗剤は塩酸だよ」

「ひょっとして、爆薬の材料かい？」

「さすがは真さん。ご明察です」

「ば――」

絶句した祢津は、再びメモを見て、

「おい、じゃあ何か？　この紅茶のティーバッグってのもそうなのか？」

「いや、それは私が飲む用だ。ホテルの高級茶葉も悪くないが、そればかりだといい加

減飽きてしまってねえ」

祢津はメモを丸め、嵐崎に放り投げた。こてん、と頭に当たったが、嵐崎は意に介した様子もなく、ははは、と笑う。祢津は舌打ちして、

「……で？ 俺たちはいいとしても、あいつはその計画決行日に間に合うのか？」

その言葉をきっかけに、嵐崎、祢津、平家の三人は、そろって窓の外に目をやる。

あいつというのは、もちろん因幡のことだ。今日も因幡は、嵐崎から指示された通り、喫茶店向かいの暴力団事務所である片平ファイナンスから金を盗もうと試みていた。しかし喫茶店を出ていってからすでに十分が経っているが、向かいの雑居ビルにそれらしい動きはない。

「柏手くん、今日で何度目なんだい？」

「二度目ですね」

コーラを飲みながらの平家の質問に、嵐崎は答える。祢津もカップをつかみ、

「あいつ、本当にこの仕事に向いてんのか？ トチっても懲りずにまた突っ込める根性はなかなかだけどな。それだけで務まるもんじゃねえだろ」

平家もどこかおもしろそうな顔つきで、返事を待つように嵐崎のほうを見る。

はたして嵐崎は紅茶を飲むと、

「敦。彼の大学での成績、どれぐらいだと思う？」

「は？　いきなり何の話だよ」

祢津に代わり、平家が答えた。

「そうだね。まあ悪くはなさそうだが、ずば抜けてできるわけでもなさそうだ。甘く見積もってせいぜい中の下、といったところかな」

穏やかながら辛辣な答えに、しかし嵐崎も容赦なく頷く。

「正解です。彼の前期の受講数は基礎科目と一般教養科目、それにゼミ、あわせて十六だが、そのほとんどの成績が可、よくて良です。中ほどの成績というのも、他に不可の学生が一定数いるので、真面目にやっている彼が多少浮いている、というだけで」

「ま、お世辞にも要領よさそうには見えねえからな」

さもありなん、と頬杖を突いた祢津に、嵐崎は言った。

「ただ彼、入試の結果は学部の新入生の中で首席なんだ。国、英、数の三教科で、平均九割以上の正答率を誇っている」

「は⁉」

頬杖からあごを浮かせる祢津に、嵐崎は澄まし顔で続ける。

「ちなみに城翠大の偏差値は難関校レベルだ。まぐれで受かるはずがない。彼の才能——実力であることは間違いないだろう」

「一体どういうことだ？　なんでそんなやつが大学入った途端そこまで成績落っことす

んだよ。別に講義をサボってるわけじゃねえんだろ」

「ああ。むしろ講義の出席率、レポートの提出率は誰よりも良好だよ」

「入試のときだけカンニングをした、ということでもないんだろうね。おそらくそういうことができる子じゃないだろう」

じゃあ？　と平家が目で答えを促すと、嵐崎は口の端を上げ、

「おそらく強いプレッシャーや危機感、それらがもたらす極度の緊張——そういった心理状態に置かれたときだけ飛躍的に集中力が高まり、初めて本来の実力を発揮できる、彼はそういう人間なんでしょう。前期のテストと入試——もちろん本人は、どちらも同じように真剣だったはず。ただ定期的に行われる大学のいちテストと、人生を懸けた一発勝負の入試では、やはり重みが違う。だから後者はクリアできて、前者は見るも無残な結果となったわけです」

「なるほどね。一流のアスリートも、試合中に集中力をトップギアに入れて真のパフォーマンスを発揮する。彼の場合、それを自分でコントロールできないわけか」

興味深そうに頷く平家。祢津は眉根を寄せ、

「だったら、それを本人に知らせてやりゃいいだろ」

「それも検討したさ。ただ、彼は考えすぎると返って空回るタイプだろうと思ってね」

「あー……たしかにな」

コーヒーカップを空にした祢津は、カウンターの店主に向けておかわりを注文した。

平家がふっと笑みを浮かべ、言う。

「ずいぶん大事にしているんだね、彼のことを」

「そうですか？」

「そうさ。君は誰に対しても愛想こそいいが、人付き合いについては淡泊なほうだ。使えない人間は最初から使わない。けれど、彼に対してはそうじゃないようだ」

「自分の人を見る目に自信があるだけですよ、私は」

「見る目ね。じゃあ賭けるか？」

祢津がテーブルのほうに身体を戻し、にやりとして言った。

「賭け？」

「そうだ。あいつが今日、金を盗んでこられるかどうか。見る目があるなら受けるよな？ ちなみに俺は、失敗するほうに一万賭けるぜ」

「じゃあ僕も」

勝手に賭けを始める祢津と追従する平家に、嵐崎は鷹揚に肩をすくめた——その直後だった。窓の外から悲鳴と怒声が聞こえてきた。

三人がそろって見やると、ビルの入り口からウサギのラバーマスクと男二人が飛び出し、そろって駅の方面へと消えていくところだった。

「へっへっへ」

「悪いね」

笑う祢津と平家に、嵐崎は無言のままもう一度肩をすくめてみせると、コートの内ポケットから紙幣を二枚取り出し、テーブルに置いた。


因幡がまたもほうほうの体で喫茶店に戻ると、嵐崎の怖い笑顔が待ち構えていた。

「……青年？　君、少し真剣味が足らないんじゃないのかい？」

「や、やってますってば真剣に！」

「それならせめて、もう少し頭を使いたまえよ。窓から見ていたが、今回も以前と同じく馬鹿正直に真正面から突撃していっただろう。あれでは見つかるに決まっているじゃないか。事務所に電話をかけてそちらに注意を引いておくなり、配達員を装って油断を誘うなり、いくらでもやり方があるだろう」

嵐崎は紅茶のカップを手にしたまま、小言とともに、目の前に立った因幡の額を指でつつく。因幡はたまらず仰《の》け反《ぞ》り、

「痛た、痛いですって。そんなこと言われても！　っていうか、今度という今度は本当に殺されかけたんですよ⁉　事務所に刃物が用意してあったんですから！」

「早乙女に捕まれば同じことさ。いっそ死んだほうがマシな目に遭うかもしれない」

言葉に詰まる因幡に、嵐崎は続ける。

「怖《お》じ気《け》づいたかい？　降りるなら今のうちだ」

「お、降りませんよ！　……早乙女には必ず父親の借りを返す。そう決めたんですから」

「よし、よく言った因幡！」

祢津が立ち上がり、因幡の肩に手を回してきた。同じく席に座っていた平家も、笑顔で拍手の真似をしてみせる。

「嵐崎、てめえもそうビビらせることはねえだろ。次にうまくやりゃいいんだよ。よし因幡、とりあえず好きなもの飲め。景気づけに俺がおごってやろう。遠慮すんな。さしあたって臨時収入があったからな」

「じゃあ、僕はフードをご馳走しようか。気にしなくていいよ。同じく臨時収入があったからね」

「二人とも……ありがとうございます」

二人には一生ついていこう、と安い決意を固める因幡に、嵐崎は首を振った。

「青年。私は多少、自分の見る目への自信が揺らいだよ」

「ああ、そうですか。それは困りましたね」

内心で舌を出す因幡に構わず、嵐崎は紅茶を飲むと、

「やれやれ、このままでは現場への侵入が不安だ。万全を期すために、あの人にも計画に加わってもらおう」

するると、祢津と平家がそろってぎょっとした。

「あの人？　というと、それはつまりあの人かい？」

「マジかよ」

席に座ってメニューを眺めていた因幡は、そんな二人の様子に首をかしげた。

……あの人？

3.

嵐崎が呼んだのは、底畑治郎《そこはたじろう》という人物らしい。

「その筋では帽子屋《ハッター》と呼ばれているが、本当に帽子屋というわけじゃない。以前は私たちと同じプロの泥棒だった人だ。経験豊富なベテランだったが、今はもう引退されていて、盗みに必要な道具《プロップ》の製作を手がけている」

そう説明する嵐崎のそばで、祢津と平家が笑いながら言った。

「せいぜい気をつけろよな、因幡」

「粗相のないようにね」

そんな脅しめいた言葉に因幡は不安になりながら、嵐崎とともにクイーンズタワーのエントランスで待機していた。寒空の下、今日もロータリー中央の獅子は元気に水を吐き出している。嵐崎がコートのポケットから懐中時計を取り出し、時刻を確認したときだ。因幡はふと、ホテル前の通りに人が集まり、不穏な気配が漂っているのに気づいた。

「ん？」

嵐崎もすぐにそれを察したらしい。なぜか、そちらへと歩き出した。

「え、あの、嵐崎さん？」

戸惑いつつも、因幡もそれを追う。

通りでは、どうやら劣化した歩道のタイルを張り替える工事が行われていたらしい。上下グレーの作業着に、首からタオルを提げた作業員が二人いる。そして、その作業員たちの前には、車椅子の男がいた。男がくどくどと何か話しかけ、対する作業員たちは男を扱いあぐねたように頭を掻いたり、顔を見合わせたりしている。

「どうしました、治郎さん」

嵐崎がそう声をかけた。

肩越しに振り返った車椅子の男は、一見して年齢不詳だった。五十代ぐらいだろうが、もっと年嵩《としかさ》にも見える。痩せており、髪もあごひげも白い。ジャケットにスラックス、頭には中折れ帽を載せた紳士的な恰好だが、その眼光は妙に鋭く、嵐崎と、その後ろの因幡をじっと見つめたあと、興味なさげに顔を逸《そ》らし、しわがれ声で言った。

「……なに、私は彼らに道を尋ねていただけだ」

「道？　ホテルならすぐそこですが」

「見てみるといい」

底畑が指差したのは、工事中の歩道に代わり、車道にせり出す形で設けられた迂回路《うかい》だった。これが？　と因幡が思っていると、

「どうやら車椅子の人間はここを通るなということらしい」

それで、あ、と気づいた。言われてみれば、フェンスで仕切られた迂回路は、歩道よりずっと幅が狭い。これでは歩行者は通れても、車椅子利用者は通れないだろう。

男は背もたれに背中を預け、

「この迂廻路が歩行者専用というのなら、なるほど、それもいいだろう。しかし、であれば一体私はどこを進めばいいのか？　彼らは当然それを知っているだろうから、ぜひともと教示を願ったのだ」

いや、そんな嫌味な言い方しなくても……と、因幡は口元を引きつらせた。たしかに作業員たちに落ち度はあるが、もっと穏便な言い方があるだろう。

「その、すみません。すぐに迂廻路の幅をもう少し広げますので……」

素直に非を認めて謝る作業員に、しばし底畑は冷めた半眼を向けていたが、やがて無

言のまま車椅子を転回させると、一人でホテルのエントランスへと向かった。後味悪そうに頭を掻く作業員に、

「失礼しました。今度から、迂廻路はもう少し広めにお願いします」

嵐崎は笑顔でフォローを入れ、底畑のあとを追った。因幡も慌てて頭を下げ、続く。

底畑の車椅子は電動らしく、手元のジョイスティックを傾けるだけですするするとエントランスへの道を進んでいく。その後ろに嵐崎と因幡が追いつくと、

「——若造、名は」

元泥棒だという偏屈な男は、前を向いたまま因幡にそう訊いてきた。

「あ、えっと……柏手です。柏手因幡」

「あらかじめフロントに荷物を発送しておいた。お前はそれを受け取ってから来い」

そう言って自動ドアをくぐり、北ウィングのエレベーターホールへと向かう。頼むよ、と目で告げ、嵐崎もそのあとに続く。因幡はその場で嘆息し、うなだれた。

底畑の荷物は黒いボストンバッグだった。ずっしりと重いそれを両手で持ち、因幡は五十一階のスイートへと戻る。

「治郎さん。ドリンクは何を？」

因幡がリビングに入ると、嵐崎が飲み物のリクエストを訊いているところだった。

「マッカランのストレートをダブルでもらおう」

しわがれ声でそう告げながら、底畑はリビングを車椅子で横切り、窓際へと向かう。

「よう因幡、いじめられなかったか？」

バッグを手に戻ってきた因幡に、カウンターの中から祢津がにやにやしながら軽口を飛ばした。因幡が力なく首を振ると、スツールに腰かけた平家も邪気なく笑う。

「――さて、では改めて状況を確認しよう」

モニターの前に立った嵐崎が朗らかな声で言って、その場の全員の注目を集めた。

「私たちが今解決すべき問題は、現場であるペントハウスへの侵入方法だ。ハウスへの侵入ルートは二つ。ただし、うち一つのエレベーターは早乙女本人の指紋認証が必要で、もう一つの非常階段は下の階から開けることができない。では、一体どうやって現場へ侵入するか。何か意見はあるかい？」

「エレベーターの制御システムをクラックすれば、早乙女の認証なしにケージを操作することもできるよ」

平家がそう言ったが、これに即座に異を唱えたのは底畑だった。

「……それでは現場へ侵入している最中に、ケージがペントハウスにあることに気づかれる恐れがある。そこから異変を察知される危険性も、ゼロではないだろう」

「おっしゃる通りです」

嵐崎が頷くと、平家もハンズアップで自分の意見を取り下げた。

「上空からヘリで近づいて、直接ペントハウスのルーフテラスに乗りつけるってのはどうだ？　ヘリなら十時間ぐらい操縦経験があるぜ」

「ホテル内の人間全員が、ヘリのローター音に気づかないほどの突発性難聴にかかってくれるのなら、それもいいだろう」

続いて祢津がそう提案したが、淡々と底畑に皮肉を言われ、口をつぐんだ。嵐崎は小さく肩をすくめる。

底畑はウィスキーの入ったクリスタルグラスを傾け、口元を湿らせてから言った。

「……クイーンズタワーのエレベーターのメーカーはどこだ」

「《ロゼッタ》ですね」

嵐崎が即答する。因幡も聞いたことがある有名な国内企業だが、ビルの設備開発まで手がけているとは知らなかった。

「ならば、エレベーターシャフトに防犯センサーはない。北ウィング六十階のエレベーターホールからシャフトに侵入して、内部をペントハウスまで登ればいい」

どうやらエレベーターのメーカーごとに、その特徴を把握しているらしい。さすがはベテランの元泥棒、と因幡は思わず感心してしまった。

「私も同じ考えです。ただクイーンズタワーの六十階は、地上からおよそ二五〇メートル。何かあれば確実に命を落とす高さです。青年に、はたしてミスなくこなせるかどうか」

底畑はちらりと因幡のことを見やった。が、すぐに目を逸らし、

「……鎖は弱いところから切れる。不安要素は計画から排除することだ」

その当てつけに因幡はむっとする。いくら事実とはいえ、いちいち一言多くしないと気が済まないのか。

「だ、大丈夫です。やれますよ。高いところは別に苦にならないですし」

話を聞く限り、作業自体は適当な足がかりを見つけながら一階分の高さを登るだけだ。

祢津が囃《はや》すように口笛を吹き、平家はにこやかな顔のまま小さく手を叩いたが、

「私もそう考えていたんだが、近頃の君の体たらくを見ているとねえ」

「う……」

嵐崎は底畑を見て、

「治郎さん。鎖に弱いところがあれば補強すればいい。治郎さんにならそれができるはずです。お願いした通り、シャフト内を簡単に登るための道具を用意できませんか」

底畑はややあってから、ふう、と息をついた。

「――もちろん造作もないことだ」

そう請け合うと、若造、と因幡を呼ぶ。

因幡が憮然と返事をすると、こちらを見た底畑は、因幡が運んできたボストンバッグをあごでしゃくってみせ、

「その中にボウガンが入っている。取り出して、組み立てろ」

「ボウガン？」

「専用の矢を板バネの力で発射する装置だ。洋弓銃とも言われ、欧米では主にハンティングで使われている。そんなことも知らんとは、嘆かわしい限りだな」

「いやそれぐらいはわかってますよ……」

ぶつぶつ呟きながら因幡はスツールから立ち上がると、バッグを開けた。中にはツヤ消しの黒いカラーリングを施されたリムや弦、フットスティラップ、グリップやストックの付いた本体などの各ユニットが詰め込まれている。

「まず本体にフットスティラップを取り付けて、それからリムを挿入しろ」

嵐崎たちが興味深そうに見守る中、因幡は底畑の説明に従い、ボウガンを組み立てていく。硬い弦の取り付けに多少苦労したものの、十分もかからずにシンプルなリカーブタイプのボウガンが完成した。

「バッグの中に、矢とテグスを巻き取るウィンチが入っている」

覗き込むと、たしかに言われた通りのものが入っていた。カーボン製の矢の長さは二

○センチほどで、後端には矢羽と小さなリングが取り付けられている。一方のウィンチは、せいぜい五センチ四方の目立たないタイプだ。リールにはナイロン製のテグスが巻き付けられている。
「まず矢に、ウィンチのテグスを結べ」

指示通り、因幡はテグスを少しだけ引っ張り出し、矢のリングに結ぶ。

「今度はウィンチのカラビナを、そばにあるスツールの脚にでも取り付けろ」

ウィンチにはカラビナが付属していた。それをバーカウンター前に並んだスツールの脚にがちっと取り付ける。

「以上で準備は完了だ。若造、ボウガンの弓を引いて、矢と一緒にこちらへよこせ」

「わかりましたけど、なんでさっきからそういちいち偉そうなんですか……っと！」

因幡はフットスティラップを踏み、両手で弦を引き上げた。ボウガン、それからテグスの付いた矢を渡す。

底畑は礼も言わずに受け取ると、ボウのレールに矢を置いた。そして、その先を無造作に天井のほうへと向ける。

「ん？　治郎さん？」

嵐崎が笑顔のままほんの少し心配そうな声を出す中、底畑は構わずトリガーを引いた。たわんだリムが弾《はじ》けてレール上の矢が勢いよく射出され、ばすっ、という音とともに、いとも容易《たやす》く天井を貫通して、見えなくなってしまう。

「あ、ちょっと、ええー？」

珍しく慌てる嵐崎を無視し、底畑は説明を続けた。

「このウィンチは市販の電動リールを改造したものだ。一〇キロ程度のものなら難なく持ち上げられる。ＳＩＭ内蔵のウェアラブルマシンを仕込んで、遠隔操作も可能にした」

そう言いながら、底畑はスマートフォンを取り出した。それを操作すると、ややあって離れた場所のウィンチが起動する。ウィンチ側に電話着信機能を持たせ、連動するようにしてあるらしい。

ウィンチはモーター音とともに、たるんだテグスをみるみる巻き取り始めた。やがて天井裏に入り込んだ矢とカウンター前のスツール——それを繋いだテグスが、ぴん、と張る。なおもウィンチはテグスを巻き取り続けるが、矢のほうは天井裏でかえしの役割を果たしているため抜け落ちてこず、カラビナで繋がれたスツールのほうが安定を失い、ごとっ、と床に倒れた。

さらにスツールはテグスが巻き取られるまま床をずるずると移動していき、とうとう矢が射込まれた天井の真下まで来たところで大きく揺れながら床を離れた。五、六キロはありそうなスツールがみるみる宙吊《ちゅうづ》りになっていく。やがてスツールが天井に接し、もうこれ以上テグスを巻き取れなくなったところで、ウィンチは二度ほど抵抗するような唸《うな》りを上げて停止した。

天井から見事に垂れ下がったスツールを見上げながら、因幡、祢津、平家の三人は、おおー、と小さな歓声を上げ、手を叩いた。

「北ウィング六十階の廊下からエレベーターのドアをこじ開け、シャフト内の梁《はり》を狙ってこれと同じようにすればいい。見たところ、若造の体重は六〇キロもない。さすがにこのウィンチでは手に余るが、一〇〇キロまで昇降できるハンドウィンチとクライミンググローブに置き換えれば、同じことが可能なはずだ」

「……でも、そんなのにしたら矢の飛距離は落ちるんじゃ？　ボウガンで、シャフトの梁まで届くんですか？」

「射出装置には、消防や海保で使われている索発射銃《さくはっしゃじゅう》を使う。あれなら八〇メートルは飛距離が出る。上方へ向けてでも、一、二階分程度なら訳はない」

「なるほど」

因幡は頷いた。たしかにそれなら問題なく、しかも簡単に現場へ侵入できそうだ。

「他に質問があれば聞いておこう」

「いえ、ないです。……その、ありがとうございます」

因幡が素直に礼を言うと、底畑は無言のままグラスを傾けた。

そんなやりとりをよそに、

「うーん、絶対に弁償になってしまうなーこれは……」

嵐崎は腕を組み、天井に宙吊りになったスツールを眺めていた。

嵐崎はなんとかスツールを天井から回収しようとしながら、因幡に言った。

「ああ、青年。治郎さんを下までお送りしてくれたまえ」

「え、あ……はい」

因幡が返事をする間にも、底畑はグラスを空にすると一人でリビングを出ていく。

「せっかくだ。何かアドバイスの一つももらってくるといい」

そう片目を閉じる嵐崎に、因幡は首をかしげつつ、とにかく底畑についていった。

後方一メートルという随伴しているのかどうかよくわからない、つかず離れずの距離のまま廊下を歩き、エレベーターに乗る。

ケージ内の階数表示が減っていく間、底畑はじっと目の前の扉を見つめたままだった。

一体何を考えているのか、帽子を載せたその後頭部からはまるで読み取れない。

……そもそも見送りなんて必要だったのだろうか。ひょっとして迷惑だったんじゃ。

あまりに気詰まりになった因幡は、意を決して声をかけた。

「あ、あの……」

嵐崎からはアドバイスをもらってこいと言われていたが、ほとんど無意識のうちに口から出てきたのは、なぜかこんな質問だった。

「底畑さんは、どうして泥棒に？」

底畑はほんのかすかに首を動かした。因幡はとにかく沈黙を埋めようと言葉を継ぐ。

「ぼ、僕の父親も泥棒らしいんですけど、どうしてそうなったのか全然わからなくて……だから、何か参考になるかなと思って……」

尻切れトンボになりながら、話しかけたことを後悔していると、

「……そうとしか生きられない人間はたしかにいる。少なくとも私はそうだ。ジャバウォックも、きっとそうだったのだろう」

不意に底畑が前を向いたまま低い声で言った。え、と顔を上げた因幡へ、目を向けないまま続ける。

「父親のことが知りたければ、目の前の仕事をせいぜい楽しめ」

「……楽しむ？」

ちん、というベルとともにケージが一階に到着した。ドアが開く。

「……ここまででいい」

そう告げ、底畑は一人でエレベーターを降りた。

「あ、あの！　ありがとうございました！」

扉が閉まる直前、因幡は礼を言った。しかし車椅子の男は振り返ることなく、その場をあとにした。

4.

「――さて、いよいよ残すは最後の難関だ」

南ウィング五十二階、本格中国酒家《海宮《ハイゴン》》にて、嵐崎は言った。

「これがクリアできなければ、計画も泡と消える。全員の意見を聞かせてくれたまえ」

嵐崎はスマートフォンを操作すると、それを朱色の回転卓の上に置いた。ぐるりと回し、因幡の前によこす。因幡は蒸し上げられた上海蟹《しゃんはいがに》の足を折り、身を引きずり出しながらそれを見た。

「それがペントハウス内で早乙女が使用しているPCだ。業者の納品記録を盗んで割り出した」

モニターには一台の赤いノートパソコンの画像、そしてその主なスペックが羅列されていた。国内メーカーの製品で、OSは世界的ソフトの最新版だ。

「PCはネットワークに接続されていないので、もちろんハッキングでデータを盗むことはできない。おまけに、それ自体をハウスから持ち出すことも不可能だ」

「え、どうしてですか？」

因幡がモニターから顔を上げて訊くと、嵐崎はいつの間にかタレにつけた蟹の身を頬張っている。見ると、因幡の目の前の皿から、ついさっきまであったはずの蟹が消えていた。あ、と思う間にも嵐崎はそれを飲み込み、

「実は二週間前、早乙女の元に《D＆Dシステムズ》という企業から、《ナイトウォッチ》というソフトが納入された」

「D＆D？」

そこへ、真っ赤な麻婆豆腐《マーボーどうふ》をレンゲですくいながら平家が言った。

「ひょっとして、ロサンゼルスで双子の兄弟がCEOをやっている会社かい？」

「平家さん、知ってるんですか？」

因幡が訊くと、平家は手元にスマートフォンを引き寄せて眺めながら、

「まあね。彼らが開発したナイトウォッチというソフトは、インストールしたPCから電源ケーブルやバッテリーを抜いたり、あるいはマシンのケースをこじ開けて基盤をいじったりすると、その際の電圧の変化を感知して常駐アプリと内蔵モジュールが起動し、即座に登録したアドレスに警報を発信するんだ。〝夜警《ナイトウオッチ》〟なんて名乗ってはいるけれど、要は他人のマシンを持ち運びも解体も不能の爆弾に変える、趣味全開のソフトだよ」

「は、なんだよそりゃ。作るほうも作るほうなら、導入するほうも導入するほうだな」

祢津が担々麺《たんたんめん》をすすりながら絡むように言った。

あ、と思う。

「それで嵐崎さん、裏帳簿のデータはPCに入ってるって断言してたんですか」

「その通り。よく気づいたじゃないか」

嵐崎はスマートフォンを回収し、

「よって裏帳簿データを盗み出すには、ハウス内で早乙女のPCにログインして、その場でデータを吸い出さなくてはならない。ただ、それには必要なものが二つある」

「……二つ。一つ目は何ですか？」

「USBキーだ」

「USBキー？」

「そう。中に暗号プログラムの入ったデータスティックで、それをPCのポートに差し込まないと、OSにログインできない仕組みになっている」

「それじゃ、二つ目は？」

「パスワードだ。ちなみにこちらも入力に三回失敗すると、即座に警備室へ警報が発信される」

因幡は頭を押さえた。この期に及んで、また無理難題が積み上がっていく。

「敦。早乙女の尾行はどうだい」

「んー？ ああ」

祢津は行儀悪く箸を手にしたまま、パンツのポケットから手帳を取り出した。どうやら早乙女の動向を忘れないよう、逐一メモを取っていたらしい。案外律儀だ。

「平日は、午前七時に港区の自宅を出てから午後五時までひたすら分刻みだな。自栄党本部ビル、議員会館、そのあと議事堂に移動して、委員会に出席したり専門家に会ったり、あれやこれやだ。五時からは、総裁選に向けて関係者との顔合わせだな。会う人間は日によって違うが、場所は赤坂が多い。帰宅は十一時。土日も地方の党支部巡り。ここ二週間は判を押したようにそのパターンだ。政治家も、泥棒と同じ程度には暇じゃねえらしいぜ」

「黙々と仕事をこなしてくれて感謝の言葉もないよ。ちなみに、毎日早乙女を観察していて一体どんな印象を持ったか、聞かせてくれるかい」

「……そうだな。とにかく頭が切れて油断ならないって感じか。パスワードをどっかにメモしてる、なんてことはまずねえだろうな」

同感だよ、と嵐崎は頷く。

「では、ＵＳＢキーの在処《ありか》は？ 何か手がかりになりそうなことだけでもわかるとありがたいね」

「それなら一度だけ、やつが料亭の手洗いでポケットからハンカチを取り出したとき、一緒に出したのを見たな。いつも肌身離さないようにしてんだろうぜ」

「ああ、一番困るパターンだねえそれは……」

嵐崎は両手を合わせ、そこに口元を押し付けて考え込んだ。たしかに、どこかにあるものなら盗めばいい。が、常に肌身離さずではそれもできない。

……早乙女は、かつて十三年間もジャバウォックと通じていた。その手口はもちろん、こちらにとって何が一番厄介なのかということも知り尽くしているのだろう。

改めて敵の狡猾《こうかつ》さを思い知らされる中、平家が言った。

「嵐崎くんならもちろん承知の上だろうが、USBキーだけは現物なしじゃどうしようもないよ。暗号の桁数が尋常じゃないからね」

「わかっています。真さん。代わりと言ってはなんですが、パスワードだけでもなんとか破れませんか」

「そっちも場合によりけりだねえ」

全員の注目を浴びる中、平家は苦笑した。

「僕のPCと同期させた通信端末を、早乙女のPCに接続できれば、パスクラックを試すこと自体は可能だよ。設定されたパスワードが辞書に乗っている単語の組み合わせや数字の羅列程度なら、それこそ三秒とかからず破れるね」

「さ、三秒？」

因幡が思わず声を上げると、

「はは。何なら柏手くん、君のスマホのロック、今すぐこじ開けてみせようか？」

「い、いえ、結構です……」

平家は微笑み、続けた。

「ただ、大文字小文字数字を組み合わせた十五字以上のフレーズパスワードなんかになると話は別だ。その場合だと、まあ所用時間は平均で千年ってところかな」

「……せん？」

一気に話のスケールが壮大になり、因幡は目を白黒させた。

「そいつはせいぜい長生きしなきゃな」

祢津が混ぜっ返すと、平家は苦笑し、こう提案した。

「一応これまでのクラックで貯《た》め込んだ、メジャーな文字変化を含めた僕オリジナルのパスワード辞書がある。それと早乙女の生年月日や身の回りに関するあらゆるワードと数字を優先的に組み替えて試行していくプログラムを組めば、まあ一年ぐらいには短縮できる——かもしれないね」

たしかに劇的な短縮ではある。けど、それじゃどちらにせよ意味ないんじゃ……と、因幡が眉をひそめたときだ。

「なるほど。それならまだ手はありそうだ」

嵐崎は、そう言って不敵に微笑んだ。

5.

私立城翠大学には《情報基盤センター》という施設がある。主に城翠大の三つのキャンパス（いずれ新学部を加えた上で統合移転するという話が持ち上がっているらしい）を繋ぐネットワークを構築し、学生がウェブやメール、資料や論文の検索と閲覧、履修登録システムを利用できるようサーバーの運用などを行っている施設である。

「じゃ、せいぜい気をつけて行ってこいよな」

「ありがとうございます、祢津さん」

午後九時。

因幡は祢津のメルセデスで、通い慣れた城翠大キャンパスへと送ってもらった。といっても車を停めたのは正門前ではなく、宮益坂を登って左折したところを入った、キャンパスをぐるりと囲む塀の前だった。なぜなら、正門前には防犯カメラがあるからだ。

「――青年、君に計画の命運を預けるよ」

因幡の右耳にはマイク内蔵型のインカムが装着されている。それを通して、電話回線で繋がった嵐崎の声が聞こえた。因幡は緊張しつつも、すぐに呼吸を整えて答えた。

「了解」

車を降りた因幡は素早く左右に目をやり、誰もいないことを確かめる。そして横づけされた車の後部からルーフに登ると、そこから塀の頂上に手をかけ、悠々と乗り越えた。

キャンパス内の石畳に着地し、辺りを見回す。学部棟の窓のいくつかには明かりが灯《とも》り、点々と設置された街灯も光を放ってはいるが、差し当たって周囲にひと気はない。因幡は物陰を選びながら目的の場所——情報基盤センターへと急いだ。

情報基盤センターは五階建ての建物だ。出入り口の脇に非接触式カードリーダーがある。嵐崎から持たされた職員証をそこにかざすと、ドアロックはあっさり解除された。

「あの、今更ですけど、この職員証、一体どこから調達してきたんですか？」

「なあに。実は昨日、学部別の教授同士の懇親会があってね。ただ私の所属する研究室の教授が急遽《きゅうきょ》体調不良に見舞われたので、代わりに私が出席することになったんだ。その会場に、ちょうどこの情報基盤センターの長も出席していてね。その彼から少しの間、拝借することにしたんだよ」

「は。どうせ無断でだろ」

車で待機している祢津の割り込みに、嵐崎が得意そうにするのが目に浮かんだ。因幡は半眼になりつつ、

「……ちなみに、教授が体調不良っていうのは？」

「大したことはないさ。研究室にストックしてあったコーヒー豆が悪くなっていたんだろう。ほんの五時間ほど、胃腸の調子が悪くなっただけだよ」

「……絶対そのうちバチが当たりますよ、嵐崎さん」

「そうならないよう、せいぜいよそで徳を積むことにするよ」

因幡はため息をついたものの、すぐに意識を切り替えた。ここから先は、いよいよ言い訳の余地なく不法侵入だ。しかも反社会勢力の事務所などではない——善良な、一般の施設である。見つかれば即通報、下手すれば逮捕だ。

因幡はウサギのラバーマスクをかぶると、ゆっくりドアを開けた。息を殺し、建物の中へと侵入する。

廊下は真っ暗だった。各部屋にコンピュータやサーバーが設置されているため、常に空調がきいているらしく、外と同じくひんやりしている。床はカーペット張りになっており、足音がしないので好都合だ。ペンライトで最低限の光源を用意すると、姿勢を低くしたまま、五階建てのうちの三階まで階段で登った。

そうしながら因幡は、不思議なほど落ち着いている自分に驚いていた。もっと緊張するかと思っていたのだが、片平ファイナンスへの突撃で慣れたのだろうか。

「——青年、首尾は？」

「あ、はい。もう部屋に着きます」

因幡のささやき声での応答に、嵐崎が満足そうに微笑む気配が伝わってくる。

目の前に延びた廊下――その中央辺りにあるリーダーに再度職員証をかざし、ドアロックを解除する。ドアの脇には『グリプス端末室』という札がかかっていた。

部屋はせいぜい十畳ほどの広さだった。ラウンド型の会議机と椅子が六脚あり、コピー複合機やキャビネットが置かれている。

と、隅にコンピュータとモニターが三台あった。

その前に陣取った因幡は、そこが防犯カメラでモニターされていないことを確認してからマスクを脱いだ。素早く言う。

「到着しました」

クイーンズタワーのスイートで、ＰＣを前にしているはずの平家が言った。

「オーケー、柏手くん。じゃあまず端末を立ち上げて、手元のＩＤとパスワードでログインしようか」

「あの、ＩＤは職員証に書いてありますけど、パスワードは？」

因幡が訊くと、嵐崎が答えた。

「その裏だ」

言われるまま透明のケースに入った職員証を引っ繰り返すと、そこに英字と数字を組み合わせたパスワードの書かれた付箋が貼り付けてあった。がくりとする。

因幡は端末のパワーボタンを押すと、立ち上がった認証画面にキーボードでIDとパスワードを入力した。問題なくログインが完了し、デスクトップが表示される。

「次に、渡したUSBメモリを挿してくれるかい」

「了解」

因幡はポケットからUSBメモリを取り出すと、端末のポートに挿し込んだ。

「挿しました」

「オーケー。こっちでも確認したよ。三分待ってくれ」

端末のファンが回転する音だけが響く。早く早く、と内心で焦る因幡をよそに、祢津が言った。

「今も《グリプス》は稼働中なんだよな?」

「うん。夜もノードごとに割り振られたスケジュールに従って、よそからユーザーがアクセスして計算に使うからね。今利用中のジョブは……はは、円周率の計算か」

スーパーコンピュータ《グリプス》。

その本体であるサーバー群は、城翠大情報基盤センターの三階にあるサーバールームに整然と並べられている。この端末室には、そのグリプスを管理、運用するための端末があるのだ。因幡が挿し込んだメモリには、平家のマルウェアが入っており、それを今まさに《グリプス》の端末に感染させたのである。ネットに繋がったこの端末を掌握できれば、スパコン本体も思いのままということらしい。

「オーケー、端末のルートをクラックした。撤収して構わないよ、柏手くん」

「――り、了解」

マスクをかぶり直し、因幡はばたばたとセンターを脱出した。

暗いキャンパスを戻りながら、今更心臓が早鐘を打ち始めたのを感じつつ訊く。

「と、とにかく……これで早乙女のＰＣのパスワードも何とかなるんですよね？」

「もちろんさ」

そう答えたのは嵐崎だった。

「早乙女のＰＣのパスワード解析にはおよそ一年かかる。だが、それはこちらもＰＣ一台で解析した場合だ。グリプスはコア数約十万、平均一ペタフロップス。ＰＣやスマホ十万台に相当する処理能力がある。これを使えばパスワードもあっという間に――」

「いや」

自信満々に請け合ったところを、平家が遮る。

「パスクラックツールをスパコンで走るように書き直さなくちゃいけないから、まずはその出来次第だね。まあ、それは僕の腕なら問題ないとしてもだ。グリプスの全ノードをパス解析に回したとして、それでも所用時間は、最高にうまくいって十分ってところだよ。おまけに、三回どころか数兆回以上のパスの符合確認を試行するわけだから、警備室への警報は止めようがないね」

計画を左右しかねない宣告に、因幡は口元を引きつらせた。

「……あの、それじゃひょっとして、早乙女のPCからデータを吸い出せたとしても、僕がペントハウスから脱出できないんじゃ？」

十分もその場にとどまっていたら、警報を受けて駆けつけてきた警備員に、間違いなく取り押さえられてしまうだろう。

「うーん」

「嵐崎さん？」

「そうか。データを吸い出せても、それをこちらに転送する時間すらないかもしれないのか。それはちょっと困ったなあ」

「いやちょっと！」

まるで警備員が駆け付けるまでにデータさえ転送できれば、因幡は捕まっても構わないとばかりの言い草に、因幡が大きな声を出すと、

「ははは、まあなんとかなるさ。ああ、それより——」

嵐崎は無根拠に笑い飛ばし、言った。

「青年、すぐにホテルに戻ってきてくれたまえ。大事なものが届いたんだ」

6.

「……いやいやいや、ちょっと待ってください」

クイーンズタワーのスイートに戻った因幡は、そこに用意されていたものを前にして、盛大に顔をしかめた。

「……本当にこれでやるんですか？」

リビングに運び込まれた姿見で自分の姿を確認し、げんなりする。

因幡が身に着けているのは、首元まで覆う黒いボディスーツだった。タイトな仕上がりだが、窮屈さはまったくない。素材はラバーとレザーの中間のような感触で、かなりストレッチ性がある。サイズもぴったりだ。薄手なのに通気性と防寒性まで兼ね備えているらしい。

肩から腰、足の付け根にかけてはハーネスが取り付けられ、両腿《りょうもも》の部分にはベルトでシザーバッグが固定されている。手に嵌めたグローブは薄手で、細かい作業も外さずにできそうだ。足元の安全ブーツもソールのクッションがきいている。

さらに、その上から黒いロングコートを羽織り、顔は両目から鼻の先端までをバイザーで覆っていた。バイザーにはカメラや暗視装置まで搭載されているらしい。

どれも軽く、しかも激しく動いてもまるで邪魔にならない。デザインにもこだわりが感じられる。おそらく、かなり高価な装備なのだろう。

が、

「ち、ちょっと二人とも！　笑いすぎですって！」

さっきからはばかることなく大笑いする祢津と平家に、因幡はわめいた。

「いやいや、似合ってるじゃねえか。自信持てって」

「うん、まさにかつてのジャバウォックそのものだ」

はっきり言ってかなり恥ずかしかった。まるで日付を間違えてハロウィーンの仮装をしてしまったかのような、場違い感を覚えずにはいられない。

そこへ、

「大丈夫だよ」

ソファに座って紅茶を飲みながら嵐崎が言った。ちなみに茶葉は、なぜかホテルのものではなく市販のティーバッグだった。

「今は浮いている気がしても、いざそのときになれば気にならなくなるさ」

「そう言われても……」

渋る因幡に、嵐崎は肩をすくめ、

「まあ、どうしても嫌だというのなら仕方ない。ただ、さすがに普段着でというわけにはいかないから、その場合はやはりこれということになってしまうが、いいのかい？」

でろん、と取り出したそれは、もはやお馴染《なじ》みとなったウサギのラバーマスクだった。

十秒ほど考え、因幡はうなだれた。

「いえ……やっぱりこっちでいいです」

ロングコートのポケットに手を入れてみる。すると、グローブをはめた指先に何かが触れた。取り出してみると、それは一枚のカードだった。

「それは〝犯行証明〟だ」

紅茶を手にこちらへやってきた嵐崎が言った。

「すべてがうまくいったとき、現場に残してきてくれたまえ」

ポストカードサイズのそれには簡素なフォントで、やはり素っ気ないぐらいにシンプルなメッセージが書かれていた。

「いよいよってわけか」

「腕が鳴るね」

祢津と平家が不敵な笑みを浮かべる。それに触発され、因幡もかすかに緊張したときだ。二人がまたこらえ切れないようにくっくと肩を揺らし始めたので、因幡はわなわなと肩をいからせ、再び怒鳴った。

「だから笑いすぎですって！」

MISSION. 4　破綻

1.

早乙女が秘書からその報告を受けたのは、党友組織の会合に顔を出すべく現地に向かう車中でのことだった。

「――先生。少々お耳に入れておきたいことが」

スマートフォンの送話口を手で押さえながら、助手席の秘書が言った。

「なんだね」

訊き返した早乙女は、秘書からの報告内容に、ほう？　と口元を曲げた。少し考え、

「このあとの予定はすべてキャンセルだ」

その指示に秘書は頷き、すぐに車を新宿へと向かわせた。行き先は、もちろんクイーンズタワーである。

正面のロータリーで助手席から降りた秘書は、回り込んで後部座席のドアを開けた。

早乙女は革靴で石畳を踏み、エントランスの自動ドアをくぐる。

ロビーに入ると、数名の年配客が早乙女に気づいた。あ、という顔をするので、小さく微笑みかけてやる。それだけで、客はわかりやすいほどにはしゃいだ様子を見せた。

「――菱川くん。君は警備室へ。その映像とやらを先にチェックしておいてくれたまえ。私もあとからすぐに行く」

「承知しました」

秘書にそう指示し、早乙女自身は北ウィングのエレベーターホールへ向かった。一番奥のエグゼクティブフロア専用ケージのボタンを押す。

ほどなく到着したケージに乗り込むと、パネル下部にある黒いセンサーに右手の親指を押し付けた。すぐにセンサーが指紋を読み取り、認証サインであるグリーンのランプが灯る。

早乙女は一番上の『R』のボタンを押した。扉が閉まり、ケージはみるみる高空へと上昇を始める。およそ三十秒後、ちん、というベルとともに扉が開けば、そこはすでに早乙女のプライベートスペース――屋上部に構えられたペントハウスだった。

早乙女がケージを降りると人感センサーが反応し、オークカラーのカーペットが敷かれた廊下に照明が灯った。脇にはセンスのいい飾り棚が置かれている。ちなみに、エレベーターでの指紋認証時にハウス内の３Ｄセンサーはすべて解除されているので、警備室へ警報が行くようなことはもちろんない。

早乙女は広々とした廊下を歩き、ある部屋へと向かった。ドアを開け、こちらは手動で照明をつける。大きなウッドデスクとチェアがワンセットあり、その上に赤いノートPCが一台置かれていた。

早乙女はそのPCを開き、電源を入れた。そして、ジャケットの内ポケットからPCと同じ赤いデータスティックを取り出す。PCにログインするためのUSBキーだ。複製はない。世界にこれ一本きりである。

USBキーをポートに挿すと、問題なく暗号プログラムが認証され、モニターにはパスワード入力画面が表示された。そこへパスを打ち込み、無事ログインが完了する。

表示されたデスクトップにフォルダを開き、裏帳簿データのファイルを確認する。特に改竄《かいざん》されたような様子はない。ユーティリティからログイン履歴を参照するが、こちらも以前に早乙女がログインして以降の記録は残っていない。警備ソフトの《ナイトウォッチ》も正常に動作している。今のところ、何者かがこのペントハウスに侵入して、早乙女のPCに不正ログインしたり、まして机の上のコンセントから電源を抜き、PCごと外に持ち出しそうとしたりした形跡はないようだ。

当然の事実を、それでもきっちりと確認した早乙女は、無感動にPCをシャットダウンした。USBキーをポートから引き抜き、内ポケットにしまう。

部屋の照明を消して廊下に出ると、再びエレベーターに乗る。

向かった先は、ホテル一階にある警備室だった。

「――やあ、ご苦労」

早乙女が室内に入りながら声をかけると、その場にいた警備員たちが椅子から立ち上がり、一礼した。緊張する彼らに手を上げて穏やかに応じた早乙女は、先着していた秘書に訊く。

「映像は？」

「こちらです」

秘書の案内で、警備室奥にあるモニタールームへと向かう。秘書が目線を送ると、デスクの前に座っていた警備員が頷き、マウスを操作した。

「そちらのモニターに出します」

すると目の前にあったモニターが、四分割から一面の映像に切り替わった。早乙女はデスクに手を突き、身をかがめてモニターを覗き込む。

映像の右上に表示されていたタイムスタンプは、『十一月七日、木曜日』となっていた。今日は十一月二十六日の火曜日だ。今から三週間近く前のものらしい。

映像は、ロビーにあるフロントを斜め上方から捉えたものだった。カメラに背を向けた受付係と、客のやりとりが映っている。その客の姿に、早乙女は見覚えがあった。内巻きの癖毛に猫のようなアーモンド形の目、口元にはどこか飄々とした笑みを浮かべた優男で、シャツの上からチェスターコートを羽織っている。手続きを終えると、受付係に礼を言って、その場を立ち去った。

「北ウィング五十一階のスイートを、三十日間借りているそうです」

「ほう、それは上客だ」

映像を切り替えます、と警備員がマウスを操作する。と、映像がフロントからロビー、エレベーター、廊下と、それぞれのカメラのものに切り替わっていく。

男はフロントをあとにすると、エレベーターで五十一階に上がり、フロントで渡されたカードキーでスイートのドアを開け、室内に入っていった。

「いかがでしょう」

秘書の問いかけに、早乙女はゆるく頷く。

「ああ、間違いない」

「……仇討《あだう》ちのつもりか。ずいぶんと健気《けなげ》なことだな」

嵐崎望。ジャバウォックが子飼いにしていた男だ。

……やはり裏帳簿のデータを狙っていたのはこの男だったか。しかしクイーンズタワーにデータがあると突き止めただけでなく、まさか堂々と宿泊までしていたとは。

早乙女は少し考え、もっとも肝心なことを秘書に訊いた。

「——それで、この情報の出所は?」

もちろん嵐崎は、裏帳簿データを狙っていることがこちらにもれないよう細心の注意を払っていただろう。にもかかわらず、一体どこからこの情報が流れてきたのか?

「それが……」

秘書の返事を聞いた早乙女は、その意外な出所に、ほう、と思わず高い声を出した。

「すぐにホテルから追い出しますか」

デスクから身を起こし、いや、と言う。

「今はまだ連中に、事がうまく運んでいると思わせておこう」

「警備の数と配置はどのように?」

「そちらもそのままだ。下手に人員を動かせば、こちらが連中の存在を察知したことを気取られかねない」

その上でどうするべきか。早乙女は考えを巡らせた。

データを別の場所に移すか。いや、さすがに裏帳簿を安心して預けられるような場所は他にない。むしろこの情報を生かして、嵐崎の裏を掻くべきだろう。

と、そこまで考えたときだ。早乙女の頭の中に、ある一つのアイディアが灯った。

嵐崎がデータを盗み出そうとするのは、当然マスコミが沈黙する総裁選立候補者の告示日より前——すなわち、十二月七日以前だろう。かといって、拙速に事を運ぶとも考えにくい。計画にはなるべく時間をかけ、万全を期したいはずだ。早乙女がペントハウスにデータを隔離したのが、ほんの一ヶ月ほど前。それを突き止めてから、急ピッチで計画を立て、調査や準備を行ったのだとすれば、決行は尚更ぎりぎりのタイミングになるだろう。

ならば、その機会を奪ってやればいい。

早乙女は、そのアイディアがはたして実行可能なのかどうかを検討する。すぐに答えは出た。所詮今回の総裁選は結果の出たレース——あってなきがごとしのものだ。試してみる価値はある。

その場の誰にも気づかれぬよう忍び笑いをしながら、早乙女はさらに内心である趣向を思いついた。

……そう。やはりゲームをする以上は、盤を挟んだ相手の顔を拝まなくてはなるまい。

2.

十一月二十九日、金曜日の午前九時。

クイーンズタワーのロビーにあるラウンジで、早乙女は悠然と席に着いていた。ウェイターはすぐに早乙女に気づき、代金は無用と申し出たが、

「ご厚意だけいただいておきましょう」

早乙女は笑顔で固辞し、カードで支払った。

朝は食べない主義なので注文したのはコーヒーだけだ。しかし早乙女は、席に着いてもそれを飲もうとはしなかった。湯気が立ち昇るカップをテーブルに放置したまま、じっとロビーを眺める。時折アルマーニのスーツの袖を上げ、お気に入りのブレゲに目を落とす。その文字盤が午前九時十分を示し、コーヒーがすっかり冷めた頃だった。目的の人物がこちらにやってくるのを見つけ、早乙女は笑みを浮かべた。次いで腰を上げる。

結局コーヒーには一切口をつけないままラウンジを出た。

「やあ、朝の散歩かね？」

北ウィングのエレベーターホールからやってきたその男を、声で捕まえる。

歩きながらスマートフォンに目を落としていた優男は、その声音だけで早乙女だと気づいたのだろう。立ち止まり、二秒ほどしてからゆっくり顔を上げた。

「……これはこれは。お久しぶりですね、早乙女議員」

そう言った嵐崎望は、やはりその口元に飄々とした笑みを浮かべている。

はたしてそれがいつまで持つものか、早乙女は楽しみで仕方がなかった。

「ここに宿泊していると耳にしてね。どうしても挨拶がしたいと思って待っていた。お

「邪魔だったかな？」

「とんでもない。こちらこそ、ご挨拶にもうかがわず失礼いたしました」

「もし朝食がまだなら、一緒にいかがかな」

「ええ、ぜひ」

早乙女と嵐崎は、ともにラウンジに戻った。早乙女は先ほどと同じ席に座ると、ウェイターに冷めたコーヒーを下げさせ、また同じものを注文する。朝食を、という誘いに応じたものの、対面に座った嵐崎もまた紅茶だけを注文した。

嵐崎は、ウェイターがポットからカップに注いだ紅茶に口をつけ、

「それにしても、私がここに宿泊しているとよくおわかりになりましたね？　正直、気づかれるとは考えていませんでした」

「なに、ある人が親切に教えてくれたのだよ」

「ある人？」

そうだ、と早乙女は頷き、両手をテーブルの上で組んで言った。

「君の仲間、とでも言うのかな？　どうやら君が考えているほどには、君たちは一枚岩ではなかったようだ」

その一言でも、嵐崎はほんの少しも表情を崩さなかった。その見事なポーカーフェイスに、早乙女は微笑む。

「さすがだ。そうでなくては」

「恐れ入ります。なにぶん顔に出にくい性質《たち》なもので」

「神代もそうだったよ。最後の最後までな」

だが、と思う。……はたして内心はどうだ？　想像したこともなかっただろう。まさか自分たちの中に内通者がいるなどとは。

そう。早乙女が嵐崎たちの動向をつかめた理由。それは彼らの中に内通者——裏切り者がいたからだ。

「実は今日、ここに来てもらっている」

紹介しても？　と訊くと、嵐崎は、どうぞご随意に、と肩をすくめた。早乙女はスマートフォンを取り出し、秘書に電話をかける。

「——ああ、私だ。連れてきてくれたまえ」

二階に待機させていた秘書はすぐにやってきた。ロビーのエスカレーターを降り、こちらに歩いてくる。その後ろには、今回の嵐崎の計画をすべて破綻させた裏切り者の姿もあった。

若い男だ。スーツに身を包み、ネクタイを締めている。中肉中背で、全体的に頼りなさげな雰囲気が漂っていた。今もどこか窮屈そうに肩を縮め、おどおどしている。

ラウンジに入ってきたその男を見て、嵐崎はかすかに目を大きくした。

「あなたは……」

早乙女は微笑する。……そうだ。その顔が見たかったのだ。

「ふふ、驚いてくれたようで何よりだ。なあ、那須野くん」

席に着いたまま早乙女がそう呼びかけたのは、自栄党衆議院議員、長谷猛の公設第二秘書を務める、那須野慎平だった。

3.

その様子の一部始終を、ラウンジの向かいの席に腰かけて聞いていた因幡は、全身が総毛立つのを止められなかった。

なぜ平日の朝にもかかわらず因幡がこんなところにいるのかといえば、急遽、一緒に朝食でもとろう、と嵐崎に呼び出されたからだ。

しかし先にラウンジに入って嵐崎を待とうとしたところ、

「――え」

すでに店内にいた男の姿に、思わず絶句した。

ウェーブのかかったグレーヘアーに笑顔の似合う細面。嫌味なほど品のいいスーツにテレビ通りのナイスミドルといったその容姿を、見間違えるはずもなかった。

……早乙女！ どうしてここに⁉

人知れず硬直する因幡をよそに、当の早乙女はロビーのほうへと視線を注いでいる。父親の仇《かたき》を前に、因幡は衝撃と怒りでかっとなったものの、落ち着け、と必死で自分に言い聞かせた。ここで手を出すわけにはいかない。向こうはこちらのことなど何も知りはしないのだ。ただの客としてやり過ごせばいい。

因幡は、早乙女に背を向ける形で席に座った。息をついたのも束《つか》の間《ま》、慌ててスマートフォンを取り出す。ＬＡＮＤを立ち上げ、嵐崎にメッセージを送る。

しかし。

背後で早乙女が立ち上がる気配がした。はっとして振り返ると、早乙女はちょうど店を出ていくところだった。その早乙女が向かう先には、北ウィングのエレベーターホールから出てきたばかりの嵐崎がいた。おそらく因幡からのメッセージが届いたのだろう。歩きながらスマートフォンのモニターを確認している。そこへ、早乙女が声をかけた。

「……っ」

因幡は暗澹《あんたん》たる気分で、そこからのやりとりを見守った。

早乙女と嵐崎は二人でラウンジにやってきた。おそらく嵐崎は因幡に気づいたはずだが、一瞥《いちべつ》もくれない。因幡のことを早乙女に悟られないようにするためか。それとも、もはやその余裕がなかったのか。

やがて早乙女はどこかへ電話をかけた。するとしばらくして、さらに二人の男が店内へとやってきた。

一人はどうやら早乙女の秘書らしい。もう一人は、那須野と呼ばれた若い男だった。眉を寄せ、頼りなげな雰囲気をしている。

「こ、怖かったんです……」

と、那須野は震える声音で言った。

「長谷先生とあなたが盗みの相談をしているのを聞いて、こんなことが世に知られれば自分は一体どうなってしまうのか。そう考えると胃が痛くて、夜も眠れなくて……。だから、なんとか穏便に済ませる方法はないのかと考えて……」

この那須野という男が一体何者なのか、因幡は知らない。ただ会話の流れから、なんとか事情を汲《く》み取《と》ろうと必死で頭を回す。

おそらく、その〝長谷先生〟というのが、以前から嵐崎がほのめかしていた協力者なのだろう。那須野はその関係者――たぶん秘書だ。しかし臆病風に吹かれ、嵐崎たちの情報を早乙女に渡して取り入り、事態の収拾と保身を図ったということらしい。

因幡が肩越しに見やると、嵐崎の視線から逃れるように、那須野は顔を背けていた。その額には脂汗が浮いている。そんな那須野をかばうように、

「君は、君の考える最善の選択をしただけのことだ。誰にも責められる謂《いわ》れなどない」

早乙女が立ち上がり、その肩に手を置いた。そして、ちらりと嵐崎のほうを見る。

「もちろん、長谷くんのことも決して悪いようにはしない。彼は将来有望な若手議員だ。この国の未来を憂う余り、いささか先走ってしまったのだろう。もし私に対して何か誤解があるのだとすれば、必ずそれを解いてみせよう」

因幡は歯噛《はが》みする。ただ那須野の罪悪感をやわらげ、自分にかしずく以外の選択肢を失わせるための方便に決まっていた。

「さて、では私はそろそろ失礼しよう。ゆっくり食事を楽しんでくれたまえ」

結局、早乙女は二杯目のコーヒーにも手をつけないまま、ラウンジを出ていこうとする。それを引きとめる理由などない。だが、どうしようもない焦りと怒りに駆られ、因幡が振り返りかけたそのときだ。

がたり、と音がした。

見ると、テーブルの上の伝票を取ろうとした早乙女の手を押しとどめながら、嵐崎がその行く手を阻むように椅子から立ち上がっていた。かすかに二人の肩と肩がぶつかったらしく、早乙女が身を引いて眉をひそめている。そこへ、嵐崎が笑顔で言った。

「――失礼。ですが、支払いは私が」

あくまで屈しようとしないその態度に、早乙女は目を細める。しかし周囲の目を気にしてか、特にこだわる様子もなく、そうかね、と引き下がった。伝票を取ろうとはせず、嵐崎をかわして店の出口へと向かう。

その途中、

「ああ、ところで早乙女議員」

嵐崎が朗らかな声で、早乙女を呼び止めた。

「客室の天井に、ちょっとばかり穴を開けてしまったのですが、弁償はどちらで？」

そのまったくもって意味不明だろう質問に、早乙女は不可解そうに顔をしかめたが、

「別に構わないとも。それぐらいはサービスしよう」

最後の反撃すら見事に空を切らせると、悠然とラウンジをあとにした。

4.

「——ああ!? 盗みに入ろうとしてることが、早乙女にバレただ!?」

今朝の嵐崎と早乙女のやりとりの一部始終を聞いた祢津は、開口一番、大声を出した。

因幡たちが集合しているのは、クイーンズタワーのスイートでもなければ、そもそも新宿ですらなかった。因幡の大学からの帰宅コースの、渋谷は井の頭通りのファーストフード店である。早乙女にこちらの動向が筒抜けだったと知れた今、そのままホテルに居を構えていられるはずもなく、嵐崎は部屋を引き払ってきたのだ。

「おいおい、どうすんだよ一体⁉」

弥津がわめくと、平家は新しい容器を開け、トレイに敷いたナプキンの上にポテトをざらざらと盛りながら言った。

「こちらが獲物を狙っていると知れた以上、リスクは桁違いだ。残念だけれど、今回はあきらめるしかないだろうね」

「そ、そんな……！」

因幡が大きな声を出すと、弥津は頬杖を突き、

「気持ちはわかるけどな。現実問題、計画はまだ続行できんのかって話だろ」

因幡は言葉に詰まる。平家が訊いた。

「そう言う弥津くんはどうなんだい、運転のほうは？」

「まあ、ようやく逃走のイメージがつかめてきたところだな。あとは当日の天気次第か。平家さんは？」

「おかげさまで、僕もやっと3Dセンサーのクラックが完了したよ。あとは当日まで仕込んだマルウェアが駆除されないことを祈るのみだね」

平家はウェットティッシュで指先を拭うと、ソファの脇に置いていたPCをテーブルの上で開いた。因幡と弥津は邪魔にならないようトレイを避ける。モニター上のターミナルを確認しながら、平家が言った。

「まだ防犯カメラも掌握できてるね。ファームウェアを一括更新できないIoT機器で助かった、といったところかな」

「あの……そういえば、嵐崎さんがホテルに出入りしていたのがバレてるってことは、僕たちのことも早乙女にはバレてるんですか？」

「いや、部屋には人目につかないようばらばらで入るようにしてたし、僕たちが映った映像ファイルも全部その日のうちに削除するようにしてたから大丈夫だろう。敵に僕級のハッカーがいれば話は別だけれど、まあその心配はないだろうね」

「……そこまでやってたんなら、嵐崎が最初に部屋を取ったときの映像も消しとけばよかったんじゃねえの？」

祢津が甘ったるいコーヒーを飲みながら言うと、平家は肩をすくめた。

「もちろん僕もそう提案したさ。ただ」

「ただ？」

「嵐崎くんが、自分の映像だけは消さなくていいと言うからね」

「え？」

因幡、祢津、平家の三人は、そろって嵐崎のほうを見る。

「ちょっと嵐崎さん！」

しかし当の嵐崎は、顔の前で両手を合わせ、じっと沈黙したままだった。

……一体どうしたというのだろう。早乙女に手の内がバレたことが、そこまでショックだったのだろうか？

まるでらしからぬ嵐崎の態度に、因幡が歯がゆさを覚えていると、

「ただ、やっぱり一番の問題はこれだね」

平家はブラウザを立ち上げた。モニターに表示されたのは大手のポータルサイトだ。ニュースのヘッドラインの一つをクリックする。

『自栄党総裁選、急遽一週間前倒し』

そんなタイトルのページが開き、地上波のニュース動画が再生された。その内容は、なんと十二月二十日に執行される予定だった自栄党総裁選が一週間ほど前倒しになり、十二月十三日に執行されることになった、というものだった。

もちろんこんな横紙破りをやってのけたのは、早乙女以外にあり得ないだろう。今回の総裁選の本命は早乙女ただ一人。対抗馬らしい対抗馬がいない以上、日程が多少前倒しになったところで問題はない。大多数の党幹部の間でそう判断されたのだろう。早乙女の当選が既定路線だからこそ可能な、まさに荒業中の荒業だ。

「本来、僕たちは十二月二十日に総裁選があるという予定のもと、十二日間の選挙期間中にはマスコミが沈黙することも計算して、タイムリミットぎりぎりの十二月七日に獲物を盗み出すつもりでいた。けれど、総裁選そのものが一週間前倒しになった以上、僕

たちも計画を一週間前倒ししなくちゃならなくなったわけだ」

「……っ」

それが意味するところを悟った因幡は、絶望的な気分になった。

十二月二十日だった総裁選が一週間前倒しされ、十三日になった。それはつまり、本来十二月七日だったはずのリミットも一週間前倒しされ、十一月三十日になったということだ。

因幡はスマートフォンに目を落とす。しかし何度日付を確認しても、今日はすでに十一月二十九日の金曜日で間違いない。

「……おい、つまりなにか？　俺たちがデータを盗むチャンスは、も、もう明日までしかないってことか？」

そういうことになってしまう。

計画の準備は、まだとても完璧とは言い難《がた》い。詰め切れていない穴がいくつもある。そこへ来て、準備に必要な時間を奪われるという、絶妙に嫌らしい一手を指された形だ。

「しかも早乙女は、警備をより厳重に見直すだろう。そうなれば当初予定していた、六十階のエレベーターの扉をこじ開けて、そこからシャフト内を登るという侵入ルートはたぶん使えなくなる。それはどうするつもりなんだい、柏手くん？」

考えてもみなかったことを指摘され、因幡は言葉に詰まった。

「そ、それはこう、何とかして……」

「何とかって、お前な……」

完全にノープランが丸見えな因幡の返事に、祢津が呆れる。

平家は責めるでもなく続けた。

「まあ、仮にそれが何とかなったとしてもだ。今日からグリプスが月末の定期メンテに入るんだよ」

「え？」

平家はモニターをこちらへ向けてよこす。すぐに覗き込むと、表示されていたのは城翠大情報基盤センターのホームページだった。スパコン《グリプス》の利用スケジュールが掲載されており、平家の言う通り、今日と明日――二十九日と三十日はメンテナンスのため利用不可となっていた。

「メンテ作業中に侵入して計算ノードを使ったりすれば、すぐに不正アクセスがバレて手を打たれる。最悪サーバーを強制シャットダウンされるかもしれない。とても盗みには使えないよ」

「そんな……」

呆然とする。これでは早乙女のＰＣにログインできない。まさしく唯一の鍵が使えなくなったようなものだ。

「べ、別のスパコンを用意するのはどうですか？　また僕が行ってきますから！」

「具体的にどこのマシンを狙うんだい？　そのＩＤとパスワードは、今からどうやって用意する？」

もちろん因幡には答えられなかった。

詰めることはおろか、計画そのものがみるみる破綻していく。

「……ら、嵐崎さん！　黙ってないで、なんとか言ってくださいよ！」

怒鳴った。ただの八つ当たりだとわかっていたが、こらえられなかった。

しかし嵐崎は相変わらず何かを考え込むようにしており、ときどき紅茶を飲むだけで因幡の声にもまるで反応しない。因幡がもう一度、「嵐崎さん！」と大きな声を出すと、ようやく顔を上げ、

「――ん？　ああ、すまない。なんだい？」

「なんだいって……」

この危機的状況にそぐわない呑気な返事に、因幡は言葉を失った。祢津は首を振り、平家も肩をすくめる。

「とにかくだ」

祢津が立ち上がった。

「今のままじゃ、俺は話には乗れねえ。……悪いな」

それだけ言って去っていく。

「じゃあ僕も。もし状況が好転したら、また声をかけてくれ」

続いて、平家もPCを閉じて小脇に抱え、同じくその場をあとにした。

因幡は二人を引き止めようと手を伸ばしかけたが——できなかった。今のまま計画を決行しても間違いなく失敗する。さすがにそうわかっていたからだ。

「嵐崎さん！　まさか、このまま尻尾を巻いて逃げるなんて言いませんよね⁉」

「ん？　んー」

相変わらず何かを考え込んでいた嵐崎は、不意にこう訊いてきた。

「……青年。今から時間はあるかい」

「時間？　そりゃありますけど——」

嵐崎は席を立ち、言った。

「それなら、少し付き合ってくれたまえ」

5.

渋谷駅西口前の乗り場でタクシーを拾った嵐崎は、

「——池袋方面に頼むよ」

と、運転手に指示した。因幡が同じく後部座席に乗り込んでシートベルトを締めると、車輌はゆるゆると道路を北上していく。

「あの、どこに行くんですか」

ただでさえ追い詰められているというのに、ゆっくりドライブしてる場合じゃ……という因幡の焦燥は、しかし嵐崎の返事でたちまち消し飛んでしまうこととなった。

「私の実家だよ」

「……はい？」

一瞬、自分の耳がおかしくなったのかと思う。

……実家？　今、嵐崎は実家と言ったのか？

もちろん嵐崎とて木の根本から転がり出てきたわけではないだろう。実家や生家があったところで何もおかしくはない。ただ、私生活がまるで想像できない嵐崎の、さらにその実家となると、ますます想像の埒外《らちがい》であり、因幡はおおいに戸惑ってしまった。が、すぐに俄然《がぜん》興味が湧いてきた。一体どんな魔窟で育てば、こんな常識外れの人間が出来上がるのだろうか。

三十分後、タクシーは嵐崎の指示に従い、池袋からさらに北の十条に到着した。

「ありがとう」

嵐崎は環七通り沿いで停車させると、現金で清算し、タクシーを降りた。民家が建ち並ぶ狭い脇道に入っていく。因幡もそれに続いた。

するると、少し開けた敷地に公営住宅のような作りの建物が構えられていた。ベージュのタイル張りの三階建てで、駐車と駐輪用のスペースが一つずつあり、小さなエントランスの横手には、

《かがみの園《えん》》

そう書かれた銘板が出ている。

すぐ脇には、ベンチやブランコが設けられた児童公園があり、四人の子供が遊んでいた。うち三人は四歳ぐらいの幼児で、一人だけやや年嵩だ。

特にひねくれたところのない普通の佇まいの建物に、因幡が拍子抜けしていると、

「――あ！」

公園で遊んでいた子供の一人が嵐崎に気づいて、喜色満面の笑みを浮かべ、こう叫んだ。

「兄ちゃ、ん！」

すぐに他の二人も嵐崎のほうを見やり、声を上げる。

「あ、マジだ」

「兄ちゃん！」

「え？」

因幡はぽかんとして嵐崎のほうを見た。

すると嵐崎も笑顔で小さく両手を広げ、

「やあ、我が弟妹たちよ」

児童公園の中に入ってしゃがみ込むと、弾丸と化して駆け寄ってきた子供たち三人を抱き止め、笑顔のまま、ぐふ、とうめいた。

「ははは、ナイスタックルだ。先生たちはいるかい？」

「中にいるよ。先生！」

「ああ、いいんだ。夕方は忙しいし、あとで挨拶に行こう」

そこで子供たちが因幡の存在に気づいた。屈託なく因幡を指差し、訊いてくる。

「誰？」

「ああ、私の友人だよ」

「マジで！　兄ちゃん、友達いたの！」

「それはもちろん数え切れないほどいるさ」

「ウソだー！」

「絶対ウソー！」

……こんなに歳の離れた弟妹が三人も？

因幡がろくなリアクションもできず、ただただ呆然と突っ立っていると、

「――いつも兄がお世話になっています」

一人だけ年嵩の子供が、因幡に話しかけてきた。こちらは小学六年ぐらいだろうか。物腰や言葉遣いの妙に大人びた少年だった。どうやら年少組の面倒を見ていたらしい。よ、四人目……と、因幡はいよいよ言葉を失いながらも、

「えっと……？」

関係を尋ねるように、嵐崎と目の前の少年を交互に見やった。するとその様子から、少年も因幡が何も事情を知らないことを察したらしい。小首をかしげ、

「兄からは何も？」

「い、いや全然。たった今、説明もなくいきなり連れてこられたばっかりで」

少年は了解したように小さく頷き、言った。

「僕たちは、《かがみの園》という児童養護施設で暮らしています」

向かいの建物にあった名前だ。ここは児童養護施設だったのか、と思いながら園舎から視線を戻す因幡に、少年は続けた。

「ここでは、いろいろな理由で親と暮らせなくなった子供たちが生活しています。兄は、この園を運営するＮＰＯの代表なんです」

「だ、代表？　嵐崎さんが？」

因幡が目を見開くと、少年は穏やかに頷いた。

「なので、もちろん僕たちの本当の兄というわけじゃありません。ただ兄弟同然で育ったので、兄は自分のことをそう呼べ、と」

嵐崎は子供たちと戯れながら、彼らが泥団子の出来について熱心に披露するのを聞いていた。

「兄が、ここに外の誰かを連れてきたのは初めてです」

少年はそう言って、因幡のことをじっと見上げた。

「あの、お名前をうかがっても？」

「え？　ああ、えっと、柏手です。──柏手、因幡」

「柏手さん」

思わず敬語になってしまう因幡に、少年は深々と頭を下げた。

「兄のこと、どうぞよろしくお願いします。あれで、案外隙も多い人なので」

6.

その後、嵐崎はかがみの園の園舎で、保育士や児童指導員などのスタッフに挨拶すると、子供たちそれぞれの近況を聞いた。その間、因幡はさらに数を増やした幼児たちに全力で絡まれていた。

園では幼児から高校生まで、およそ四十人の子供が生活しているらしい。少年が説明した通り、皆、様々な事情で親と暮らせなくなった子供たちだそうだ。基本的に年少組は相応にやかましく、年長組はうるさそうにしていたが、暗い表情を浮かべている子供は一人もいなかった。施設も個室の他、食堂や図書室、娯楽室もあって充実している。

「――さあて、リフレッシュ完了だ」

かがみの園をあとにした嵐崎は、環七通りを歩きながらぐっと伸びをした。すでに時刻は午後四時を回っており、空は早くも茜色《あかねいろ》に暮れなずんでいる。タクシーが通りかかるのを待っているのだが、なかなかやってくる気配がない。

背後で因幡が物問いたげにしている気配を察したのだろう。ぶらぶらと歩を進めながら、嵐崎は言った。

「かがみの園は、今は私が代表を引き継いでいるが、もともとは麻人さんが立ち上げた施設なんだ。他にも同じ施設が都内に二つあってね。私もあそこで育ったんだよ」

意外な嵐崎のルーツに、因幡は目を見開く。

ややあってから訊いた。

「あの……嵐崎さんは、どうして泥棒になったんですか？」

児童養護施設の運営なんて立派な仕事をしていながら、なぜ一方で盗みになんて手を出しているのか。

その唐突な質問に、しかし嵐崎は動じることなく、

「まあ一言で言ってしまえば、それが自然なことだったからさ」

冗談めかすようにそう言って、コートのポケットに手を入れた。

「厳重な警備、堅牢なセキュリティ。それらを徹底的に調べ上げ、計画を準備し、破る
――私にはそれができたし、すこぶる性にも合っていた。何より、そんな麻人さんの姿
をずっと見てきたからね」

「………」

これまで嵐崎と付き合ってきて、言動の端々から滲むその思いに、因幡はようやく本
当の意味で気づくことができた。

嵐崎はジャバウォック――神代麻人に、心の底から憧れているのだ。

その姿をそばで目の当たりにし、生き方を決定づけられた――己を育ててくれた存在。

それはもはや〝父親〟そのものではないか。

「……でも僕の父親は、どうしてあんな施設を？」

「おそらく罪滅ぼしだったんだろう」

「罪滅ぼし？　何のですか？」

「君を自分で育てられないことの、だよ」

因幡は何も言えなくなった。父親の妙なずれっぷりに、笑いたいような、泣きたいよ

うな、そんな気分になる。

ただ、人のことをとやかくは言えない。所詮は自分も、父親の借りを返すために泥棒をしようというずれた息子なのだから。

強くこぶしを握る。

「……嵐崎さん」

「なんだい」

嵐崎はこちらに近づいてくるタクシーを見つけ、手を上げていた。その嵐崎に、因幡は顔を上げて言う。

「今度は、僕に付き合ってもらえますか」

7.

二時間後。

因幡は、池袋北口にある《片平ファイナンス》の入った雑居ビルの前にいた。

周囲に人目がないことを確認してからビルへと入る。以前はただそれだけのことにも気後れしていたはずなのに、今は何の躊躇もなかった。

足音を忍ばせて三階まで登ると、片平ファイナンスの事務所の前でドアに身を寄せる。

中から聞こえてくる声は三つ。これまでは構成員が二人しかいない時間を嵐崎が見計らっていたが、今は全員がそろっているらしい。それでも、やはり因幡に迷いはなかった。さらに階段を上がる。四階の上の踊り場のドアを開け、屋上へと出た。

太陽はほとんど沈み、街はもう暗くなりかけている。

そんな中、因幡は肩口に引っかけていたクライミングロープの束を下ろし、その一端を腰のベルトに装着したカラビナに結び付けた。ロープはここに来る途中に専門店で買ったもので、結び方《ノット》も店員にレクチャーしてもらったものだ。複雑かつ専門的な結び方など、普段ならとてもすぐには憶《おぼ》えられないはずなのだが、今の因幡はなぜか一度ですぐに記憶でき、しかも完璧に再現することができた。

屋上の縁に近づき、あっさり柵を乗り越える。

「――――」

不思議な感覚だった。

頭が、しん、と冷たい。すぐ目の前は、地上までおよそ十五メートル――ほんの少し足を踏み外せば、それだけでただでは済まない高さだ。にもかかわらず、恐怖も気負いもまるでなく、ただただ意識が冴《さ》えわたっている。

そしてそんな頭と裏腹に、身体は燃えるように熱かった。まるで全身に火が入ったかのように力があふれてくる。目も耳もチューニングを間違えたかのように感度が高い。

今ならきっとどんなものも見逃さないだろう。いや、音や空気の動きから、目に見えない場所の気配だって把握できそうだ。

自分が自分でないような、むしろこれこそが本当の自分であるような感覚。

ゆるく首を振る。今はどちらでもいいことだ。

意識を切り替え、ロープを柵にしっかりと結び付ける。タオルを巻いた左手でそのロープを握り、残りを屋上からビルの壁面に沿って垂らす。

そして。

一呼吸のあと、因幡は屋上から跳んだ。

落下の浮遊感とともに左手でロープを握り、腰を力点にして体重を支える。明らかに素人めいた乱暴な懸垂下降で、しかし的確にロープを送り、四階の窓をパスする。

嵐崎には、もう少し頭を使え、と忠告された。だが、やはり自分にあれこれ策を弄せるとは思えない。

では、一体何であればできるのか？　それはきっと一切の保身を考えない〝捨て身の体当たり〟ぐらいだ。

だから今回も、因幡には策らしい策などなかった。狙いはあくまで正面突破。ただし、その場の人間には何もさせず、電光石火で獲物を奪い去る。

三階の窓の上で一度止まった因幡は、ぐっと足を踏ん張ると、一際大きく跳躍するように壁を蹴った。ロープで屋上から吊《つ》るされた身体が、振り子のように大きく振れたその頂点で左手をゆるめ、ロープを送る。そしてそのまま足から、三階にある片平ファイナンスの窓へと突っ込んでいった。

何の前触れもなく窓をぶち破られて、驚かない人間は存在しない。因幡の電撃のような強襲に、事務所にいた構成員三人は、たまらずその場にしゃがみ込んだ。一体何が起こったのか状況を把握される前に、因幡は小汚いデスクの上に放置されていた手提げ金庫をつかむと、すかさずその身を翻し、窓の外に躍り出る。構成員たちがようやく我に返り、慌てて窓を覗き、階段を駆け下りて通りに飛び出したときには、因幡はとっくの昔にその場から消え去っていた。

十分後。

事務所向かいの喫茶店に戻った因幡は、ボックス席で紅茶を飲んでいる嵐崎の前に、どん、と金庫を置いた。錠は粗末なものだったので、何度か路上の縁石に叩きつけて壊すことができた。蓋を開けば、中には札束が三つ——しめて三百万円が入っている。

顔を上げた嵐崎を見つめながら、因幡は力強く言った。

「指示をくれれば、僕がどんなことでもやってみせます。だから、計画は続行してください。お願いします」

まるで強い暗示にかかったかのような迷いのない因幡の瞳の色に、嵐崎は口の端を上げると、

「――安心したよ。やはり、私の人を見る目は間違っていなかったようだ」

そう言って、金庫を手に立ち上がった。

喫茶店を出た嵐崎は、三百万円が入った金庫を、もう用はない、とばかりに雑居ビルの階段に放り捨てた。そして駅のほうへ向かいながらスマートフォンを取り出し、操作する。モニターを見つめながら、

「青年、こちらも賭けに勝ったよ」

「え？」

「クイーンズタワーでの早乙女の決起大会は明日、十一月三十日に予定を繰り上げて行われるそうだ」

本来の計画決行日に催されるはずだったパーティーだ。おそらく、協力者である衆議院議員の長谷猛から連絡があったのだろう。

「まあ総裁選が前倒しになった時点で、パーティーも同じくそうなることは、もともと予想していたことではあったが」

「はあ」

因幡は首をかしげ、

「でも、それが何か関係あるんですか？」

「もちろん大ありさ」

嵐崎は口元に大きな弧を描き、宣言した。

「君のコンディションが間に合ってくれたのならやりようはある。計画は続行だ」

「えっ」

因幡は目を見開いた。

計画の決行は、以前よりも圧倒的に難度を増している。

早乙女に狙いがばれ、警備を強化されたせいで、現場であるペントハウスに侵入する方法がない。仮に侵入できたとしても、早乙女のPCにログインするためのUSBキー入手も不透明、パスワード解析の手も断たれた。もしそれらをクリアできたとしても、警備室への警報は止めようがない。すぐにエレベーターと非常階段を押さえられ、ペントハウスからは脱出できないだろう。

それでも。

それでも、因幡に迷いはなかった。

嵐崎の言葉に決然と頷く。

そして――。

8.

そして——計画の決行日当日。

因幡は一人、クイーンズタワー前の都庁通りに立っていた。ホテルの正面は投光器でライトアップがされている。噴水の獅子が吐き出した水が光で輝き、夜はよりいっそう上品で煌びやかだ。

嵐崎は計画続行を決めたあと、祢津と平家にその旨をメッセージで送ったらしい。しかし集合時刻の午後六時になっても、未《いま》だどちらもやってくる気配はなかった。

そして何より、

「……ああもう！　一体何をやってるんだ、あの人は!?」

そのメッセージを送った本人であり、あれだけ恰好よく啖呵《たんか》を切ったはずの嵐崎自身も来ていないのだった。

スマートフォンで何度も時刻を確認するも、すでに六時を三十分以上過ぎている。

このまま誰一人来なかったら、一体どうすればいいのだろう。いや、ここまで来た以上もうあとには引けない。いざとなれば自分一人で……と、因幡が頭に血を昇らせていたときだ。

「――やあ、柏手くん」

そう声をかけられた。

はっとして振り返ると、そこに立っていたのは平家だった。

「へ、平家さん！」

まさしく地獄で仏といった心地の因幡に、ノートPCを小脇に抱えた平家は笑顔で背後を指した。そこに停まっていたのはタクシーだ。後部座席のドアが開いている。

「悪いけど手持ちあるかな。知っての通り一文なしでね」

「こ、小銭でよければ……！」

「悪いね。――ところで柏手くん、あとの二人は？」

平家の質問に、タクシーの清算を終えた因幡は力なく首を横に振った。

「いえ、それがまだ……」

「そうか。少なくとも祢津くんは、僕より先に来ていると思ったんだけれどなあ」

と、そこへ今度は別の車がエンジンを唸らせながら猛然と走り込んできた。見慣れた黒のメルセデスだ。因幡たちのそばで多少オーバーランして停まると、荒々しく運転席のドアが開き、

「――よう」

そんなぶっきらぼうな声とともに、祢津が降りてきた。

「……スピード違反で切符切られてたんだよ。くそ、あのお巡り、幅寄せなんかしてきやがって」

因幡が声を上げ、平家が冗談めかすと、祢津は顔をしかめ、

「遅刻とは几帳面《きちょうめん》な君らしくないね、祢津くん」

「祢津さん！」

そして、

苛々しながらそう毒づく。平家は肩をすくめ、因幡は苦笑した。

「――やあ皆。お早いおそろいで感謝するよ」

相変わらずの飄々とした調子で嵐崎がやってきた。

すかさず文句を並べようとした因幡だったが、ぐっと言葉に詰まってしまう。

安心してしまったのだ。

いつの間にか、嵐崎をこれほど信じ、頼りにしていた自分に驚く。

ともあれ、これで役者はそろった。

嵐崎はポケットから出した懐中時計で時刻を確認し、蓋を閉じる。そしてコートのポケットに手を入れ、仲間たちに向けて片目を閉じてみせると、パーティーにでも繰り出すかのごとく楽しげに言った。

「さて、それでは行こうか」

MISSION. 5 犯行

1.

早乙女主催のパーティーは、クイーンズタワー北ウィング地下一階のレセプションホール《天稟《てんりん》》にて、予定通り午後六時から開始された。

ビュッフェスタイルの会場には、落ち着いた色合いの絨毯《じゅうたん》が敷かれている。壁や天井も華々しく装飾され、檀上《だんじょう》には『早乙女巌・自栄党総裁選勝利へ向けての決起大会』と高らかに掲げられていた。そこに同党政調会長の流郷、総務会長の渕上といった党内の重鎮はもとより、早乙女派に属する議員、さらには早乙女に賛同する各派閥の議員、そしてそれを後援する企業の社長や役員など、総勢五百名以上の参加者が集っている。

「――では、早乙女議員の総裁選勝利を祈念して！」

流郷の音頭で乾杯を終えたあと、早乙女は秘書とともに、参加者たちへの挨拶回りをこなした。

といっても、もはや総裁選の趨勢《すうせい》は決しており、参加者たちにも緊張はまるで見られなかった。以前酒の席で、流郷、渕上が冗談めかしていた通り、決起大会とは名ばかりの、ほとんど前祝いのような雰囲気で、むしろ参加者たちの目の色は、この先この国の頂点に立つ早乙女にいかにして取り入るか、というものにすっかり変わっていた。

そんな彼ら彼女らに対し、早乙女は穏やかな笑みとともにそつのない挨拶をして回る。

「ありがとうございます。今後とも、なにとぞご支援賜りますよう」

もはや早乙女自身も、己の勝利を微塵《みじん》も疑っていなかった。

唯一それを脅かす可能性があったとすれば、自分の裏帳簿データを狙っていた泥棒たちだったが――その脅威もすでに排除されている。

昨日から警備の人員は通常の倍に強化した。さらに総裁選の日程を早めるという工作を行い、連中の計画を破綻させた。よもや連中も、この上で盗みに入るなどという愚かな真似はしないだろう。

盤石だ。自分の頂点への道を遮る障害は、もう何一つとしてありはしない。その事実に、早乙女は心から満足していた。

ただ何事にも、もしも、はある。

もしも連中が投了のタイミングもわからず、この期に及んでのこのこやってくるほどの愚か者であったなら――

「おや、早乙女先生。どうしました？　ずいぶん嬉しそうになさって」

歓談中の相手が笑顔で訊いてくる。

「いえ失礼。こんなにも大勢の方が応援してくださっているのだと思うと、改めて誇らしい気分になりましてね」

「はは、それもすべて先生の人徳でしょう」

相手の世辞に、早乙女は笑みを返す。

そう、もはや自分の勝利は揺るがない。もし連中が、それもわからないほどの愚か者であったなら。

……それこそ望むところだ。身柄を警察に渡しなどしない。直々に始末し、私がこの国の頂点に立つ、その輝かしい前祝いに興を添える花としてやろう。

2.

「――なんてことを、今頃考えているんだろうねえ、早乙女は」

ビーチベッドに仰向けに寝転んだまま、嵐崎が言った。プールで一泳ぎしてきた因幡は、頭からかぶったタオルで身体を拭きながら訊く。

「え？　何か言いました？」

二人がいるのは、南ウィングの五十五階にあるプールだった。

フィットネス用とは別の、広い屋内リゾート型施設である。水はもちろん温水だ。屋根はガラス張りで開放感がある。普通のプールはもちろん、波の出るエリアや子供も楽しめる浅瀬エリアなどもあり、プールサイドにはベンチやベッドが用意され、くつろげるようになっている。

ホテルの客が水着姿でそれぞれ思い思いに楽しんでいる中、嵐崎と因幡もまた、どこからどう見ても呑気に週末をくつろいでいるといった様子だった。スイムウェアにヨットパーカーを羽織り、足にはビーチサンダル。嵐崎に至ってはサングラスをかけ、サイドテーブルに涼しげなトロピカルドリンクまで用意している。

ただ唯一周囲の客たちとの相違があるとすれば、それは二人とも耳にマイク内蔵型のインカムを装着していることだった。とはいえ、ハンズフリーで誰かと通話でもしているようにしか見えないため、奇異の視線を投げかけてくる人間は皆無である。

そのインカムから報告が聞こえてきた。

「──やっぱりエレベーターシャフトを登る侵入ルートは使えそうにないね。北ウィングのエグゼクティブフロアは全階、エレベーターホールに警備員が張り付いてるよ」

声の主は平家だ。眼鏡をかけたハッカーは現在、一階ロビーのラウンジに待機し、ハッキングしたホテル内の防犯カメラ映像をＰＣでチェックしているはずだった。

「警備員の数、すごかったですからね……」

このプールに来る途中、ロビーだけでも警備の数がいつもと段違いであり、まさに厳戒態勢といった様子だった。

「真さん。エグゼクティブフロアより下の階のエレベーターホールはどうです？」

「そっちは警備員を定期的に巡回させてるようだね」

「……それじゃ、一応シャフト内に侵入する隙はあるってことですか？」

「いや。エグゼクティブフロアからならいざ知らず、いかに索発射銃でも、そんなところからでは最上階まで矢は届かないよ」

因幡の質問に、嵐崎は首を横に振ると、

「敦。早乙女の様子は？」

「相変わらず変わりなしだな」

少し前から密かに早乙女に張り付き、その動向を監視しているはずの祢津が答える。

「呑気に高価そうな酒飲んでやがる。やるなら今だぜ」

嵐崎はテーブルの上に載せていた懐中時計を手に取り、蓋を開けた。文字盤の針は七時三十分を指している。

「では青年、スタンバイを頼むよ」

「了解」

因幡はタオルを肩にかけると、あたかももう充分楽しんだといった様子で踵を返した。実際一泳ぎして、身体はしっかりほぐれている。

「――青年」

「はい？」

不意に嵐崎に呼び止められ、振り向く。

嵐崎はサングラスを上げると何か言いかけたが、すぐに首を横に振り、再びベッドに背を預けた。

「……いや、何でもない。君なら大丈夫だ」

因幡は口元を引き結び、小さく頷く。

その信頼が、今は何よりも頼もしかった。

男子更衣室に戻った因幡は室内に誰もいないことを確認すると、ロッカーからバッグを取り出した。ファスナーを開け、中から例の黒いボディスーツ、グローブ、ブーツなどを引きずり出し、素早く着込んでいく。そしてバッグと入れ替わりに、今度は黒い大きめのバックパックを取り出し、

「よっと」

それをロッカーの上に放り上げた。続いて自分もそこによじ登る。もちろん、この更

衣室内に防犯カメラがないことはあらかじめ確認済みだ。

腿に固定されたシザーバッグからドライバーを取り出し、天井にあった点検口の開閉スイッチに突っ込んで捻《ひね》る。がばっと蓋が開き、四角い穴が口を開けた。そこからバックパックを天井裏に放り込み、自らも潜り込むと、すぐに点検口を閉める。──この間、わずか二十秒にも満たなかった。

周囲が完全な闇に染まる中、因幡は腰元をあさると、ベルトに引っかけていたヘッドライトを手に取った。オンにしてバンドで額に装着する。

「──天井裏に上がりました」

ささやくように報告すると、インカムから嵐崎の声が返ってきた。

「施工図の通りなら、南北の方向に通気ダクトが走っているはずだ。わかるかい」

天井裏は中二階のような空間だった。埃《ほこり》っぽく、満足に身も起こせないほど狭い。おまけにフレーム部分に体重を預けないと、天井を踏み抜いてしまいそうだ。そんな不自由きわまりない空間を、電気の配線や空調設備用の配管が走っている。そして、

「これか……」

嵐崎の言う通り、それらにまじって金属の四角い配管が真横に延びていた。火災時の排煙装置も兼ねているのか、高さは四十センチ、幅は五十センチぐらいある。

「継ぎ目がビスで留《と》められているから、それをドライバーで外してくれたまえ」

「了解」

因幡は匍匐《ほふく》前進でダクトに近づき、作業にかかった。ドライバーをビスに差し、妙な体勢のまま回す。羽目板を外すと、さらなる暗闇が口を開けた。そこにバックパックを押し込み、続いて自分の身体も押し込んでいく。

「うわ、狭いな……」

「行けそうかい」

「本当にぎりぎりですね……」

肩がつっかえそうになったが、なんとか全身をダクト内に入れた。背が低いのは実は密かなコンプレックスだったのだが、今日ばかりはよかったと思う。

「よし、では北に向かおう」

いよいよ身じろぎすら難しい極狭の空間を、まずバックパックを押し進め、そのあとを腕の力だけで芋虫のように進む。地味だが、想像以上にきつい。

十メートルほどそれを繰り返すと、やがてバックパックがつっかえた。行き止まりではない。ここから先は、ダクトが上に向かって延びているのだ。

因幡はバックパックの下に手を差し込んで持ち上げ、すかさずその空間に自分の身を潜り込ませた。後頭部でバックパックを支え、下を向いた状態で膝を伸ばす。上に延びるダクトも高さや幅は変わらないらしい。これならなんとか手足を突っ張らせながら登っていけそうだ。ますますきつく、地味な行程ではあるが。

「くそう……泥棒も楽じゃないな……」

因幡は下を向いたままぼやきながら、ブーツのすべり止めソールをダクト内の側面にかけ、さらに身体を持ち上げた。


十分後。

月明かりに照らされたクイーンズタワー南ウィング屋上の一角——その搭屋に設置されたダクト口のカバーが、がこがこ、と揺さぶられた。やがてその圧力に屈するようにメッシュが外れ、音を立てて地面に落ちる。続いてダクト口から黒いバックパックが姿を現し、乱暴に地面に落とされた。

そして、

「よし……もう少し……だ、っと」

因幡が姿を現した。細かい身じろぎを繰り返し、横穴型のダクト口から頭、肩を抜く。最後にダクト内の側面を蹴ると、ずるりと一気に身体が抜けた。

「うわ！」

手は突いたものの、背中からコンクリートの地面にしたたかに投げ出される。

「痛たた……」

「青年？　大丈夫かい？」

「……な、なんとか」

インカムからの嵐崎の声に返事をすると、因幡はゆるゆると起き上がった。バックパックを開け、黒いロングコートとバイザーを引っ張り出す。コートに袖を通し、ヘッドライトの代わりにバイザーを上げたまま装着して立ち上がると、強い風にコートの裾をはためかせながらバックパック片手に屋上の縁へと向かった。

「うわ……」

眼下に広がっていたのは、無数の光が輝く、ぞっとするほどに美しい新宿の夜景だった。さらに頭上を見上げれば、そこにあるのはぼんやりとしたグラデーションに色めく夜空と、細く欠けた冷たい月だけだ。

窮屈な場所にいたせいか、夜気をはらんだ開放感がすこぶる心地いい。まるでこの世界のすべてを手に入れたかのような気分にすらなってしまう。

ほんの限られた人間だけが味わえる絶景をしばし堪能《たんのう》した因幡は、やがてゆっくりと視線を転じた。

因幡がいる南ウィングよりもさらに高空にまでそびえる、北ウィング・エグゼクティブフロア。頂上では、航空障害灯の赤色光が明滅している。その光のそばに、うっすらと建物の影が見えた。早乙女のペントハウスだ。

……待ってろ。必ずそこまで行ってやる。

バックパックに手を入れる。取り出したのは束ねられたクライミングロープだ。バックパックそのものは背負い、邪魔にならないようベルトで身体に固定する。

因幡はインカムに向けて言った。

「スタンバイ完了しました」

頷くような間のあと、

「——では、最終確認を取ろう」

嵐崎は号令をかけた。

「ハッカー」

「ゴーだよ」

「トランスポーター」

「ゴーだ」

平家、祢津、それぞれが応答する。

「こちら、ディレクターもゴー。——アタッカー」

因幡は息を吸って吐く。

正直に言えば緊張していた。恐怖もそれなりにある。

ただそれ以上に、なぜか現状を楽しんでいる自分がいた。とにかくどこまでやれるのか、早く試してみたい。そんな気持ちが、腹の底をふわふわとさせている。我ながらどうかしてるな、と思いながら、因幡は暗視装置をオンにした黒いバイザーを下ろし、答えた。

「ゴーです」

嵐崎は、よし、と応じ、軽やかに盗みの開始を宣言した。

「それでは始めようか」

3.

午後七時。

「まあまあ、早乙女くん。挨拶回りに精を出すのも結構だが、ひとまず落ち着きたまえ」

「そうとも。今日の主役は君なのだからな」

早乙女は流郷、渕上の二人に捕まった。ひとまず目ぼしいところへの挨拶は終えていたので、笑顔で聞き入れる。

「それにしても、なかなか悪くないホテルじゃないか」

「恐れ入ります」

渕上の世辞に、早乙女は恐縮してみせた。

「ご興味があれば、いつでもお申し付けください。部屋を手配させますので」

「それはありがたいな」

渕上は笑った。酒に飲まれているわけではないだろうが、やはりパーティーの性質上、緊張感もなく上機嫌だ。流郷が訊いてくる。

「しかし今日はずいぶん警備員の姿が多いようだが、いつもこうなのかね？」

「いえ、もちろん今日は特別です。この大事な席に紛れ込んで、粗相をする人間がいては事ですので」

「はっはっは、そんな痴れ者《しれもの》おらんさ」

「そうとも。せいぜいこの場の気に当てられて、気後れするのがオチだろう」

流郷、渕上の余裕の高笑いに、早乙女は何も言わず、ただただ微笑を返す。

たしかに二人の言う通り、まともな人間なら今日この場にやってきて何かしてやろうなどとは考えもしないだろう。

しかしそんな常識を簡単に裏切ってみせる、想像を絶する痴れ者というのは、たしかに存在するのだ。

我ながら頭がおかしいのかもしれない。

地上五十五階――南ウィング屋上縁の出っ張った転落防止用パラペットに登った因幡は、そこから真下を覗き込んでみてそう思った。

レギュラーフロアである五十階の屋上まで、目算でおよそ二五メートル。五階建て――ものによっては八階建てのビルに相当する高さだ。ましてここは地上から二三〇メートル以上――東京タワーのメインデッキよりもはるかに高い場所である。縁に立ち、足元を覗き込んだときの怖ろしさは想像を絶する。普通の人間は、そもそも縁に近づくことすらできないだろう。高所恐怖症の人間なら、即座に気を失ってもおかしくない。いくら高いところが苦にならない因幡でも、その吸い込まれそうな光景に、本能的な恐怖を覚えずにはいられないはずだった。

が、

「――それじゃ、行きます」

因幡は一切の躊躇なく、そこから飛び降りた。

もちろんクライミングロープを使っての懸垂下降だ。塔屋の梯子《はしご》にロープを結び、それをハーネスのカラビナに繋いだ下降器に通す。ロープを両手でしっかりグリップすると、両足をタワーの壁面に着きながら、屋上から、とん、とん、と降下していく。

北ウィング六十階のエレベーターホールからシャフト内に侵入し、ペントハウスまで登る、という当初の計画は、早乙女に警備を強化されて実行できなくなった。そこで嵐崎が考え出した別の計画は、これ以上ないほどシンプルきわまりなかった。

すなわち、屋上から屋上への強硬侵入である。

しかし、そもそも今のクイーンズタワーは、屋上に出る、という行為そのものが簡単ではなかった。そこでまず警備の手薄な南ウィング五十五階のプール更衣室から、通気ダクトを使って屋上へ出ることを試みたのだ。

では、どうして最初からこの計画を採用しなかったのか？

もちろん、かたや地上二〇〇メートル以上のシャフト内、かたや同じ高さの外壁――どちらもとてつもない危険が付きまとうことに変わりはない。しかし前者にくらべ、後者にはさらに二つもクリアすべき問題が増えてしまうからだ。

その一つが、風だ。

「……っ！」

地上二〇〇メートルともなると、常に一定以上の風が吹いている。しかもただただ壁面に張り付いている今の状態では、それを遮る手立てもない。強風にあおられればたちまち身体が横に流れてしまうし、下手をすれば姿勢を制御できなくなりロープがよれて地面に真っ逆さま、という事態もあり得る。

だが、横殴りの強風をじっとやり過ごしながら、因幡は不思議なほど落ち着いている自分に気づいていた。

宙吊りの状態というのは、想像以上に心許《こころもと》ない。眼下がよく見えず、足も着かない、おまけにロープを送る手順にミスがあったり、ちょっと姿勢を崩したりするだけで即死という状況は、常に死神に足をつかまれているかのようで下っ腹が空く心地がする。

それでも、まるで胸の奥で石炭でも燃やしているかのように全身が熱かった。それが恐怖の冷たさを身体の外へと追いやる。世界で一番美しい景色の代償がこの程度の危険ならむしろ安いものだ——妙な陶酔感とともに、そんな感慨すら浮かぶ。

「調子はどうだい、青年」

「今のところ悪くないです」

右手でロープをグリップしたまま、左手で耳のインカムを押さえ、

「……ところで今更ですけど、このコート着てなくちゃだめですか？　裾が風をはらんでものすごく邪魔なんですけど」

そんな因幡の状態を感じ取ってか、嵐崎も軽い調子で返事をよこした。

「まあ、どうしてもと言うのなら仕方ないが。ただ、もちろん麻人さんなら、そのままやってのけただろうね」

その皮肉に因幡は憮然とする。まあ、どうせバックパックを背中に固定したままでは、コートだけ脱ぐこともできないのだが。

ちらりと足元を見下ろす。レギュラーフロア屋上まで残り半分といったところだろう。

風が収まったタイミングを見計らって、因幡は下降を再開した。

きっちり二分後、因幡は何度も風にあおられながらも、無事にレギュラーフロア屋上の床に足を着いた。小さく息をつく。

「――到着しました。すぐに北ウィングに向かいます」

インカムから祢津の声がする。

「おいおい、少し休んだほうがいいんじゃねえのか」

「いや、大丈夫です」

ぐずぐずしている暇は一秒たりとてないのだ。ハーネスからカラビナを外す。垂れ下がったロープはその場に放置したまま、すぐに北ウィングへと走った。

屋上を伝って侵入するルートには、エレベーターシャフト内からのルートにくらべ、さらにクリアすべき問題が二つある。その一つが身を翻弄する強風だ。そして、何よりもう一つは――

「……これを登るんですね」

北ウィング五十一から六十階のエグゼクティブフロア――その目の前に到着した因幡は、そそり立つような壁面を見上げ、呟いた。高さだけでも、単純に南ウィングの倍なのだが、下から見上げる分には、まるでこちらに迫ってくるような威圧感がある。

そう。

この侵入ルートのもう一つの問題はもちろん、ビル十階分もの高さがあるエグゼクティブフロアを直接外壁に取り付いて登らなければならない、という点だ。もはや計画云々というレベルではない、ただの力業である。

しかも。

ごう、という強風に髪を乱され、因幡は目を細めた。先ほどまでよりも、風が強くなっている。

そそり立つ天空への絶壁と、そこを吹き荒れる強い風。その二つに行く手を阻まれ、因幡はしばしコートの裾を翻えらせながら、その場に立ち尽くした。

「どうする、青年。もう少し風が落ち着くまで待つかい」

嵐崎の提案に、因幡は少し考えたが、すぐに首を横に振った。

「いえ、行きます。待ってたって落ち着く保証はないですし。雨が降ってないだけマシですから」

「そうか。――敦、早乙女に動きは？」

嵐崎が問うと、打てば響くように祢津が答える。

「相変わらずねえな。慌てず行け、因幡」

「了解」

因幡はバックパックを下ろすとファスナーを開け、中から新しいクライミングロープの束を取り出した。その一端をハーネスのカラビナに結び、残りは束ねたまま腰に提げる。さらに充電式のハンマードリルを取り出し、きちんと動作することを確かめてから、それもスリングで腰のベルトに提げた。他にもハンマー、スパナ、エアダスターといった工具、ボルトやハンガーなどのパーツをあれこれ確認してから、バックパックを背負い直す。そして自分に繋いだロープを、さっき懸垂下降をしたときと同じく、屋上の端にあった適当なポールに結び付けた。これで最低限の安全は確保できたはずだ。

小さく息を吸って吐き、呟く。

「それじゃ行きます」

祢津が景気づけのように軽口を叩いた。

「よし、賭けるか？」

「いいとも。私は成功するほうに十万出そう」

即座に嵐崎が乗る。祢津は舌打ちし、

「おいこら先に言うな。俺がそっちに賭けんだよ」

さらに平家も声をかぶせた。

「じゃあ僕も。——やれやれ、これじゃ賭けにならないな」

仲間の声に口元を弧にしながら、因幡はパラペットに足をかけた。目の前には高層ビル群の夜景が広がり、眼下には地上二〇〇メートルの奈落が口を開けている。

因幡は顔を上げ、レギュラーフロア屋上に面した南側の壁を見上げた。これに取り付き、北ウィング屋上まで登っていくことができれば、もちろん一番安全ではある。もし誤って落下してしまったとしても、例えば下にエアマットなどを設置しておけば、少なくとも一命は取り留めるだろうからだ。しかしこの壁はいかんせん、登るための手がかりになる突起物《ホールド》がなさすぎる。とても侵入ルートとしては使えない。

つまり屋上を目指すには、地上まで何もない西側の壁を登っていくしかないのだ。こちらは客室の窓枠やタイルの継ぎ目など、足や手を入れて身体を支えられる突起物がある。

「よっ」

因幡はパラペット伝いに、タワー西側の壁面に取り付いた。ぴったり壁に張り付くようにしながら、継ぎ目に足を伸ばす。ブーツのつま先がしっかり継ぎ目を捕えた感触を確かめたあと、今度は手で上のほうの継ぎ目をつかんだ。両方きっちりグリップできていることを確かめてから、いよいよ全身を西側の壁面にさらす。

するとその瞬間、ごっ、と強い風が叩きつけてきた。コートの裾が激しく巻かれ、腰からぶら下げた工具が揺れる。因幡はぎゅっと身を屈《かが》め、ただひたすらそれに耐えた。

我ながらとんでもない状況だ。

東京のど真ん中である新宿で、超高層ビルの壁面——それも地上二〇〇メートルの高さという、人工の断崖絶壁に取り付いている。しかも、これからさらにビル十階分を垂直によじ登り、その頂上を目指そうというのだ。今この瞬間、これ以上に危険かつ馬鹿なことをやっている人間が、同じ東京に存在するだろうか。

それでも因幡の口元には、かすかに笑みが浮かんでいた。この状況を、ちょっと楽しく感じ始めている自分を、心底狂っていると思う。

右足を上げて斜め上にある客室の窓枠にかけ、ぐい、と身体を押し上げる。同時に、左手で一つ上のタイルの継ぎ目をつかみ、ホールドする。すかさず左足も継ぎ目に突っ込み、右手は窓枠の上へ。それを繰り返す。

一度始めてしまえば単調な作業だった。しかし文字通り命懸けのその作業に、因幡はみるみるのめり込んでいった。

暴力団事務所に突入したときと同じだ。頭は冷たく、身体は燃えるように熱く、身の回りのすべてが手に取るようにわかる。自分が自分でなくなるような、むしろこれこそが本当の自分であるような、あの感覚。それに支配されるまま、因幡はぐいぐいとタワーの壁を登っていく。

やがて二階分を登り、北ウィング五十二階辺りの高さに到達したところで、因幡は腰元のハンマードリルをつかんだ。細いドリルの先端を壁の継ぎ目のコンクリート部分に当て、躊躇なくトリガーを引く。片手だけで、しかも残りの手足は自重を支えたままの作業は、すこぶるやりにくく気をつかう。が、ドリルの先端が、硬い壁におもしろいように飲み込まれていく手応えは愉快きわまりなかった。掘削音も思ったほどではない。

ドリルを手放すと、今度はシザーバッグからエアダスターを取り出し、壁に開けた直径一〇ミリ、深さ九〇ミリほどの穴に空気を噴射して、削りカスを吹き飛ばす。その穴にハンガーの付属したアンカーボルトを挿し、腰から提げていたハンマーで尻のピンを叩いて、壁に打ち込んでいく。ステンレススチール製のアンカーボルトは、ピンに押された先端部分が壁の中で割れて広がり、かえしになって抜けなくなるという構造になっている。あとはスパナでナットを締め、固定したハンガーにロープを結んだカラビナをかける。――これで新しい落下防止ポイントが確保できた。気分は完全に高所作業員だ。

「――次！」

間髪を入れず、因幡は上を目指す。

超高所の強風が、因幡を壁から引きはがそうと容赦なく吹きつける。髪を乱し、コートの裾を翻しながら、因幡はそれをものともせず登る。このまま壁が続く限り、どこまでだって登っていけそうだ。今や因幡の口元には、はっきりと笑みが浮かんでいた。

あっという間に二階分を登り、さらに休まず上を目指す因幡に、バイザーのカメラ映像をモニターで共有していた祢津や平家が感嘆してみせた。

「すげえなおい、楽勝じゃねえか。最初からこっちの計画でよかったんじゃねえか？」

「たしかに。頼もしいね。さすがは神代さんの息子だ」

が。

「青年、少しペースを落とすんだ」

唯一嵐崎だけが、因幡に待ったをかけた。

いつになく真剣なその声音を、しかし因幡は眉をひそめ、ノイズとして排除した。

……落ち着け？　馬鹿馬鹿しい。これが落ち着いていられるか。身体が熱く、じっとしていられない。鼓動とともにアドレナリンがどばどば分泌される。思考の奔流で脳の神経は今にも焼け付きそうだ。これまでの記憶が突如として再生され、情報となって襲いかかってくる。嵐崎、泥棒、早乙女、仇、ジャバウォック、父親、神代麻人――

それらを夢中で処理しているうちに、因幡はふと、あまりにも呆気なくそれに気づいた。思わず呵々《かか》大笑したくなる。

……そうか。そういうことか。まったく、どうしてこんな簡単なことに気づかなかったのだろう？　いや、構わない。今ならもっと奥にある、世界の真理にだって手が届きそうだ。もっとだ。もっとよこせ。もっと――

「……ねん――話を聞くんだ、青年」

耳元から嵐崎の声がする。インカムを放り捨ててやろうかと思う。

祢津が言った。

「は、いいだろうが別に。ノってんだし、このまま行かせてやれって」

「違う。もちろん盗みを楽しむのはいい。だが、ハイになってはだめだ。順調さに胡坐を掻いていると――」

うるさい、少し黙ってろ！――内なる自分がそう叫んだときだ。

はたしてただの経年劣化だったのか、あるいは鳥でもぶつかって傷んでいたのか。因幡が右手でつかんだタイルの一枚が、あまりにも呆気なく剝がれた。

「――――」

即座に体勢を立て直そうとする。が、別の何かをつかもうとした右手はあえなく空を切り、そのまま上半身が壁から離れた。強風吹き荒れる垂直の壁に二本の足だけで張り付いていられるはずもなく、身体がぐるりとねじれるように傾く。まずい、落ちる。限界まで加速した意識の中でそれを察したあと、時間の流れが通常に戻るように因幡の身体は落下を開始した。

だが、すぐにハーネスがきつく体に食い込んだかと思うと、その身は空中で、びん、と跳ねた。ロープが落下を途中で防いだのだ。

「ぐっ」

たちまち引っ繰り返りそうになる姿勢を必死で立て直す。くそ、早く壁に取り付き直さないと……。

一階分──およそ三メートルほど落下し、宙吊りで大きく揺れながらもがく因幡。するとその腿のシザーバッグから、ずるりと何かがこぼれ落ちる感触があった。更衣室の天井裏侵入時に使ったドライバーだ。

「あ──」

もはや手を伸ばす暇すらなく、ドライバーは強風に巻かれながら、はるか彼方の地上へと落ちていった。

都内の大学に通う二十歳の鯖江《さばえ》直樹《なおき》は、今日も西新宿の路上、公園通りでのバイトに精を出していた。

バイトの内容は、歩道のタイルの張り替えである。クイーンズタワー正面の都庁通りから始めたそれだったが、今年中に所定の範囲を終わらせなくてはならないらしく、一週間前からは夜シフトの作業も始まっていた。

正直、仕事そのものにはもう飽き飽きしていた。歩道から剝がしたタイルと張り替え用のタイルを手押し車に載せ、現場とトラックの間をひたすら往復するのは、控えめに言っても死ぬほど退屈だ。おまけに先日は嫌味な車椅子の男に、迂廻路がどうとかいう難癖をつけられたりもした。

ただ土建屋社員の大楠《おおくす》は、ときどき仕事上がりにワンカップを奢《おご》ってくれるいい班長だし、ついでに贔屓《ひいき》の野球チームが一緒で馬も合う。何より昼間のバイトよりさらに稼げるので、鯖江は今のところこのバイトを続けていた。

そんなわけで、今日も今日とてグレーの作業着姿で金髪頭にタオルを巻いた鯖江は、路肩に停車させた二トントラックの荷台から、手押し車で石のタイルを運び出していた。

「班長。新しいタイル、ここ置いときますよ」

「おう、サンキュー」

煌々《こうこう》とした工事用照明に照らされる中、古いタイルを有線の斫《はっ》りハンマーで剝がしながら、大楠は返事をした。白い防塵《ぼうじん》マスクにヘルメットをかぶっており、歩道を削る轟《ごう》音《おん》のせいで、その声はほとんど掻《か》き消《け》されてしまう。

鯖江は集めた瓦《が》礫《れき》を手押し車に回収すると、再びトラックのほうへと戻る。

と、そのときだった。

「ん?」

すぐそばの歩道の植え込みで、がさ、と音がした——気がした。なにぶん工事の音がうるさいので、よくわからない。

鯖江は手押し車を置き、植え込みに近づいてみる。すると常緑低木の根本に、なぜかドライバーが一本落ちていた。

作業員のものだろうか。しかし、自分の聞いた音の原因がこのドライバーだとするなら、一体どこから飛んできたものだろうか。

「おーい、鯖江くん。何やってんの」

「あーいや、何でもないっス」

大楠に注意され、鯖江は立ち上がる。拾ったドライバーを眺めると、「ま、あとで誰のものか訊いてみるか」と考え、それを手押し車の荷台に放り込んだ。


「――――」

地上二〇〇メートルで宙吊りになった因幡は、すぐに上方へと視線を転じた。落としたドライバーも気になったが、今はそれどころではなかった。

なぜなら、たった一本きりで身体を支えているロープ――文字通りの命綱から、不吉な感触が伝わってきたからだ。危機感に、こめかみがどくどくと脈打つ。

「青年、どうした？　返事をしたまえ。大丈夫かい？」

「いや、正直かなり――」

まずいです、とは言葉が続かなかった。

次の瞬間、因幡の身体は二度目の落下を始めた。落下の衝撃で二本目のボルトが外れたのだ。ハイになっていたせいで作業がおざなりになり、取り付けが甘かったのか。いや、今はそんなことを考えている場合ではない。

すでに体勢を崩していたため、今度こそ身体が逆さになった。約三階分の高さを落下しながら必死で身体を丸め、コートに包《くる》まるようにして防御姿勢を取る。一本目のボルトを支点にロープがびんと伸び、再びハーネスで身体が締め付けられる。

そしてより大きく落下したことで、今度こそ因幡の身体は、振り子のようにホテルの窓に叩きつけられた。がん、と背中と頭に衝撃が走る。

「ぐっ！」

うめく。だが、なんとかやり過ごせた。さあ、今度こそ早く体勢を立て直さないと……。

しかし、そう思うのに、なぜか身体に力が入らない。

「青年？」

「おい、どうした因幡!?　おい！」

「嵐崎くん、これ……ないと……」

皆の声は聞こえるが、返事ができない。自分が上を向いているのか下を向いているのかさえわからなかった。

「――――」

目の前が暗くなり、自分自身の状態も確認できない――そんな因幡の頭を、つう、と一筋の血が流れた。

4.

卯月景織子《うづききょうこ》は北ウィング五十一階のスイートで、恋人である栗本祐司《くりもとゆうじ》からのあるもの、を待っていた。

「……レストランのフレンチ、どうだった？」

「うん、とっても美味しかった」

ぎこちなく訊いてくる栗本に、景織子は自分の中で一番の笑みを浮かべて答える。

景織子が待っているもの——それは彼からのプロポーズだった。

栗本とは大学で同級生だった頃から付き合い始め、今年で五年目になる。お互い二十六歳になり、それぞれ就職した会社にも多少は慣れ、公私ともに落ち着いてきたところだ。そんな折、景織子は栗本の部屋のテーブルの上に、ジュエリーショップで指輪を購入した際の領収証を見つけてしまったのだった。

まったく脇が甘すぎる。

けれど、栗本のそんなところが景織子には微笑ましく感じられ、とても好きだった。

ただ、育ちがよくて横柄なところもない反面、とにかく押しが弱いのが、栗本の玉に瑕《きず》なところでもある。

以降、なんとなくいい雰囲気になったときなど、栗本は何か言いたげにすることが増えた。しかし、毎回気持ちがくじけてしまうのか、

「……ごめん、やっぱりまた今度にするよ」

気弱な笑みとともに、そう口にするのだった。

そのたびに、別に育ちがよくもなければこらえ性があるわけでもない景織子は、じれったさに彼の肩をつかみ、全力で揺さぶってやりたくなる。おい、大丈夫だって！　断るわけないじゃん！　だからさっさと言っちゃいなよ！——と。

けれど、今日ばかりは栗本の表情がいつもと違うことを景織子も感じ取っていた。なるほど、いよいよか、と内心で頷く。クイーンズタワーのフレンチやスイートなんて超高級なレストランや部屋を予約したのも、きっと自分を追い込むためなのだろう。

「その、き、景織子」

「ん？　なあに？」

お、来るか？　と景織子は思う。栗本はレストランでワインをグラス二杯ほど空け、適度にほぐれているはずだ。美味しい料理で腹も満たされ、贅沢な部屋で二人きりと雰囲気も完璧。——さあ、どんと来なさい！

だが、

「いや、その……」

景織子が何も気づかぬ素振りのまま、目だけで必死に催促しても、栗本はなかなかその先を言おうとしない。どうしよう、何か助け舟を出したほうがいいのだろうか。けれど、自分の中で決心をつけようと準備しているところかもしれないし、変に言葉をかけてタイミングを奪っても——などと景織子も考えてしまい、結局そのまま沈黙が流れた。

栗本は、ああ、と顔を押さえ、

「……ごめん、やっぱりまた今度に——」

「えっ!」

ちょっとちょっと冗談でしょ、ここまで来て! と景織子が、もはやなりふり構わず詰め寄ろうとしたそのときだ。

がん!

突然そんな大きな音がして、二人は飛び上がった。

「……な、なに今の?」

「……さ、さあ」

音がしたのは、どうやら寝室からのようだった。景織子は眉をひそめつつ、おそるおそるそちらに向かおうとする。

けれど、

「——ま、待った。僕が先に行く」

栗本がかばうように行く手を遮る。その背中を見ながら、あれ？　と思う。……この人、こんなに頼り甲斐のある人だったっけ。

栗本はゆっくりと寝室に入り、照明をつけた。暖色の光で満たされた室内だが、誰かがいるような気配はない。気のせいだったのだろうか。けれど、あれだけはっきりと音が聞こえた。何もないなんてことはないはずだ。だとすれば——

景織子はカーテンの閉まった窓のほうへと目をやった。それに気づいた栗本が、小さく息を呑みながらそちらへ向かう。景織子もその背を追った。

窓辺に立つ。二人は目を合わせ、一息にカーテンを開けた。そこには——

「……わ、綺麗」

新宿の夜景が広がっていた。

やがて二人はどちらからともなく顔を見合わせ、笑った。

「……鳥か何かがぶつかったのかな？」

「……そうかも」

ほっとしたのか、たちまち力を抜く栗本に、景織子は言った。

「……ありがとう。さっき、かばってくれて」

「……い、いや、それほどのことじゃ」

「それで、さっきは何を言おうとしてたの？」

「え、それはその――」

栗本はまたもどぎまぎし始める。けれど、景織子はもう焦《じ》れていなかった。たった今、いざというときの頼り甲斐のある姿を見せてもらったからだ。大丈夫。言えないはずがない。時間が必要なら一晩中だって待とう。

けれど。

きっと栗本自身も、自らの行動に後押しされたのだろう。景織子がずっと待っていた言葉は、それからあまり間を置かずに、彼の口からするりと出てきた。

――などというやりとりがされていた窓辺のすぐ外、その直上で、

「あ、危なかった……」

手足をタイルの継ぎ目などに差し入れて突っ張らせながら、スパイダーマンよろしく無理な体勢でじっとしていた因幡は、カーテンが閉められるのと同時に力を抜き、だらん、と窓の前にぶら下がった。

どうやら窓枠に叩きつけられた衝撃で、一瞬気を失っていたらしい。さすがに肝を冷やしたが、なんとか事なきを得られた。

「青年！　大丈夫かい？」

「……ええまあなんとか。口の中が結構切れましたけど」

舌で口の中を探ると、頬の内側が裂けており、濃い血の味がした。とはいえ、もちろんこの程度で済んでよかったと考えるべきだろう。下手をすれば頭が裂けて、そのまま気を失っていたかもしれない。そうなれば今の宿泊客たちに見つかって、今度こそ計画はおじゃんだったはずだ。

「やっぱりコートがあってよかっただろう？」

「う、それはまあ……」

嵐崎の指摘に、因幡は口ごもる。たしかに頑丈なコートが緩衝材になったおかげで、致命的な怪我《けが》を負わずに済んだのは事実だ。

「さて、それでどうする青年。あきらめるかい？」

「そんなわけないじゃないですか。行きますよ」

因幡が語気を強めると、嵐崎は言った。

「いいだろう。では、次はもう少し冷静に行きたまえ」

了解、と因幡は身軽に体勢を整える。

たしかに、ちょっと頭に血が昇りすぎていた。もっと上まで登ってから同じような目に遭っていれば、そのときこそ命はなかったかもしれない。

結局ほとんど振り出しに戻ってしまったが、要領はつかんだ。あの全身を支配していた感覚も、きっとまたすぐに取り戻せる。そう確信がある。だから、今度こそやれるはずだ。

因幡は壁に取り付き直すと、再び右足を窓枠にかけ、自分の身体を頂上に向けて少しずつ押し上げ始めた。

5.

午後八時。

パーティーは宴《えん》もたけなわだった。出席する予定の者はすでにほとんどが来場しており、ロータリーにできていた車列やロビーを通ってやってくる人の波もようやく途切れている。もっともこのあともうしばらくすれば、今度は帰りの車と人の波で混雑することになるのだが。

そんな会場の様子を眺めながら、ようやく乾杯以来の酒に口をつけたときだ。知った顔がこちらにやってくるのを見つけ、早乙女は片眉を上げた。

長谷猛の秘書、那須野慎平である。

那須野は会場の端から早乙女を見つけると、おどおどと会釈した。相変わらず背中を丸めていて卑屈そうな男だ。政界には不向きなタイプ——少なくとも、自分なら決して雇いはしないだろう。

が、もちろんそんな内心はおくびにも出さず、早乙女は笑顔で話しかけた。この男は今回、有益な情報をもたらした駒だ。それなりに扱ってやる必要がある。今はまだ、という条件付きだが。

「那須野くん、君一人かね？　長谷くんは？」

「そ、それが、政策勉強会が予定より押してまして。後ほど必ず伺うので、私だけ先に行って早乙女先生にご挨拶を、と……」

「ほう――それを聞いて安心したよ」

早乙女は微笑む。どうやら欠席するつもりはないらしい。

そこへ、流郷、渕上の二人がやってきた。早乙女は姿勢を正す。

「早乙女くん。では我々は、そろそろ失礼するよ」

「流郷先生、渕上先生。本日はお忙しい中、ありがとうございました。上までお見送りを――」

「いや、会場の前までで結構だ」

「ああ、ホストを抜けさせるわけにはいかんからな」

「恐れ入ります」

ホールの出入り口前まで出て、エスカレーターへと向かう二人を見送る。

頭を上げたとき、二人の後ろ姿はまだそこにあったが、すでに早乙女の目には映っていなかった。長谷が来ていないか。そう思い、つい目で捜してしまう。が、あまり浮かれるな、とすぐに自分を戒めた。

「――」

しかし長谷は、一体どんな表情を浮かべて自分の前に立つつもりなのだろうか。

それを早く拝んでやりたいという衝動を抑え込むのは、なかなか骨が折れそうだ。

苦笑しながら踵を返す。

会場からは、やはり当初の予定通り、少しずつ帰途につく人間が現れ始めていた。

夜の闇にまぎれ、パラペットに黒いグローブに包まれた手がかかる。

ややあってからうめき声とともに、本来誰も姿を現すはずのない地上二五〇メートルの断崖絶壁から黒ずくめの人影が現れた。もちろん因幡である。懸垂の要領で身体を持ち上げ、同時に思い切り振り上げた右足をパラペットに引っかける。そのまま最後の力を振り絞って身体を引っ張り上げた。

「……っ！」

パラペットを乗り越え、屋上の床に転がった因幡は、荒い息を繰り返しながら叫んだ。

「ああもう、やってやりましたよ！」

ついにクイーンズタワー北ウィング、エグゼクティブフロアの頂上に到達した。

「おいおい、マジでやりやがったなこの野郎！」

「いいものを見せてもらったよ、柏手くん」

祢津と平家がそれぞれ快哉《かいさい》を叫ぶが、因幡は答える余裕もなく、下ろしたバックパックを探って水のペットボトルを取り出し、一気にあおった。全身が悲鳴を上げている。このまま明日の朝までここで寝ていたい気分だ。

「ご苦労、青年。だが、お楽しみはこれからだ」

一方、嵐崎は労いもそこそこに、手でも擦り合わせんばかりに楽しげな声を出した。

「真さん、３Ｄセンサーの解除は？」

「もちろん、もう始めてるよ」

平家の返事にキーボードを叩く音が混じる。ロビーのラウンジで、ホテルのセキュリティシステムに侵入した状態のＰＣを操作しているのだろう。

「——オーケー、解除できた」

「よし。では行ってみようか、青年」

あまりにもあっさり言ってのける嵐崎に、因幡はたまらず非難めいた声を出した。

「あ、あの、せめてもう少しだけ休ませてもらっても……」

「それは早乙女に頼んでみたらどうだい」

ぼそりと呟く。

「……鬼」

「何か言ったかい？」

「いいえ行きますよ！」

達成感にひたる間もなく、因幡は己が身に鞭打《むちう》って立ち上がった。ロープをハーネスから外すと、アンカーを結び付けてその場にホールドしておく。

振り返ればすぐ目の前には、因幡の背よりも大きな業務用室外機や貯水タンクなどが設置され、その向こうには早乙女のペントハウスの影が浮かんでいた。こちらはさらに大きく、高さが五メートル、あるいはもっとありそうだ。

「北側にリビングがある。そこの窓を割って侵入してくれたまえ」

嵐崎の指示に従い、因幡は西側からそちらへぐるりと回り込む。すると、たしかに広いルーフテラスに面した建物の部屋が、一面ガラス張りになっていた。

そちらへ近づき、強化ガラスで造られた引き戸のそばにしゃがみ込む。辺りは、しん、と静まり返っており、人の気配は感じられないが——

「窓を破ったら、いきなり警報が鳴ったりしてな」

「うん？　ずいぶん信用がないね」

祢津の軽口に、平家が笑う。

「いや、平家さんの腕は信用してるぜ？　ただ嵐崎のやつが、他のセンサーを見落としてたって可能性はおおいにあり得るだろ」

「私が？　それこそあり得ないさ」

「は、どうだかな。さんざん苦労してここまで登ってきてそんなことになったら、泣くに泣けねえだろ。なあ、因幡」

「――はい？」

祢津が混ぜっ返したときには、因幡はすでに取り出したハンマーを力いっぱいガラスに叩きつけていた。がん、という破壊音に、さすがの祢津も言葉に詰まり、

「……おいおい、お前躊躇ねえな」

「いやだって、可能性を論議してたらキリがないですし」

因幡はハンマーを叩きつけながら言う。

「皆の仕事を信じて、僕は僕の仕事をするだけですから！」

その返事に嵐崎と平家は小さく笑い、祢津も愉快げに鼻を鳴らした。

「だな」

二撃、三撃と繰り返し、蜘蛛《くも》の巣《す》のように罅《ひび》が広がったガラスをブーツの底で思い切り踏み抜く。そうして開いた穴から片手を入れ、クレセント錠を下ろした。

するりとガラス戸をすべらせる。

因幡はカーテンをよけ、オークカラーのカーペットが敷かれた室内に音もなく足を踏み入れた。声を忍ばせ、言う。

「──侵入しました」

「真さん？」

「大丈夫。３Ｄセンサーは反応してないよ。その他のセンサーが動作した形跡もない。成功だ」

よっしゃ、と祢津。因幡も、ふう、と息をつく。しかし、安心するのはまだ早すぎる。急がなければ。

さすがに照明をつけるわけにはいかないが、バイザーには暗視装置がついているので室内を見通すのに苦はなかった。

リビングはメゾネットタイプで、高い天井からはシーリングファンが吊るされている。大袈裟でなく百人集まってもまだ余裕がありそうな空間に、ローテーブルを囲む形でソファがコの字型に配置されていた。ダイニングとも続きになっており、そちらには大きなテーブルとカウンターもあった。センスはいいが、まるでモデルハウスのような無機質さも漂っている。

因幡はすぐに早乙女のノートＰＣを捜した。まずローテーブル、それからモニターが置かれたサイドボードの上を素早く見て回る。カウンターやテーブル、階段を上がって

メゾネットのほうも覗く。が、

「……リビングにはなさそうですね」

インカムを押さえながら小声で報告すると、嵐崎が言った。

「青年。侵入口から、向かって左手が廊下だ」

因幡は嵐崎のナビに従って廊下を進み、片っ端からドアを開けて家捜しを開始した。

が、肝心のPCはまるで見つからない。とにかく部屋が多すぎて、十分も経った頃には、さすがに焦り始めていた。

七つ目の客室を捜す。二つあるベッドサイドのボックスやテーブルの上を確認し、引き出しも下から順にすべて開けていく。一応クローゼットのほうも覗いてみたが、やはり目当てのものは見つからない。祢津が言う。

「おいまだか。急げ」

……一体どこに。まさか風呂やトイレにあるはずもないし。いや、ひょっとするとその可能性も——

歯噛みしながら、次のドアを開ける。

すると、そこはどうやら書斎らしかった。

広さは二十畳ほどだろうか。壁一面がデザインされた書棚になっている。高い天井からもデザイナーズらしきハイセンスな照明が四つ下がっていた。奥には大きなウッドデスクがあり、その上に赤いノートPCが一台置かれている。

因幡は小さく息を呑んだ。バイザーに内蔵されたカメラで同じ光景を見ているはずの嵐崎に言う。

「――嵐崎さん、見えてますか」

「ああ、間違いない。それだ」

ついに見つけた。

裏帳簿データが保存された、早乙女のPCだ。

ノートPCは、デスクに設けられたコンセントにケーブルで繋がっていた。これを抜いたり、あるいはPCのバッテリーを外したりすれば、内部の電圧変化を感知して、セキュリティソフト《ナイトウォッチ》が即座に警報を発信するという仕組みだったはずだ。つまり今この場でPCにログインして、データを吸い出すしかない。

しかし、それには二つの鍵が必要だ。

――一つが、早乙女が常に持ち歩いているUSBキー。

――もう一つが、早乙女だけが知るパスワード。

「青年、PCを立ち上げてくれたまえ」

「了解」

因幡はノートＰＣを開き、パワーボタンを押した。モニターが明るくなり、真っ暗な部屋に白々とした光が生まれる。じっとＯＳの起動を待つと、やがてモニターにユーザーの認証画面が表示され、ＵＳＢキーの挿入を求めてきた。

「では、まずＵＳＢキーを」

因幡はコート内のジップポケットを探る。

取り出したのは、早乙女のＵＳＢキーだ。

実は密かにこれを手に入れていたという嵐崎から、その入手方法を聞かされたときには、因幡はたっぷり三十秒は呆気に取られたものだった。

「……本っ当に油断も隙もないですね」

「ははは、最高の褒め言葉だよ」

そう笑う嵐崎に、「いや、褒めてねーだろ」と祢津が突っ込み、平家は小さく苦笑した。

そのＵＳＢキーをポートに挿すと、ややあって内部の暗号プログラムが確認され、認証がクリアされた。続いて、パスワード入力画面が表示される。

「では真さん、よろしくお願いします」

「オーケー。柏手くん、僕の端末をＰＣに接続してくれるかい」

因幡は頷き、平家から渡されていたスマートフォンを取り出すと、それをＵＳＢケーブルでPCのもう一つのポートに繫いだ。

「接続しました」

「了解。十五秒待ってくれ」

キーボードを叩く音。

「オーケー。そっちの端末と僕のPCを同期させた。あとはこっちでパスワードのロックを破るだけだ」

今まさにネットを介して平家のPCと繫がり、パスクラックツールを立ち上げ始めた端末を見つめながら——とはいえ、外見的には特にそれまでと何も変化はないのだが——因幡は訊いた。

「でも、結局どうやってロックを破るんですか？　たしかスパコンじゃないと、パスワードを解析するのにとんでもなく時間がかかるんですよね？」

「そこのところは、柏手くんにも説明しなかったかな？」

「あー……してもらったんですけど、よくわからなかったっていうか……」

因幡がぼやくと、平家は苦笑し、

「いいとも。じゃあ改めて説明しようか。君の言う通り、PC一台分の計算力ではいつまで経ってもパスワード解析なんて不可能だ。だから僕たちは、十万台分の計算力があるスパコン《グリプス》を使おうと試みた。けれど、早乙女が総裁選の日程を早めたせいで計画決行日がグリプスのメンテとバッティングし、それもできなくなってしまった。ここまではいいね？」

「あ、はい」

「なら、残る方法は一つだけさ。――実際に十万台の端末を使うんだ」

「え？」

頭の中がクエスチョンで埋め尽くされる。

「いやあの、それができればいいんでしょうけど……一体どこにそんなたくさんの端末が？」

首をかしげる因幡に答えたのは嵐崎だった。

「ＬＡＮＤだよ、青年」

「ＬＡＮＤ？」

平家が立ち上げ、今や世界中にユーザーを持つＳＮＳだ。しかし、それがパスワード解析と何の関係があるのだろうか。

「そう。ＬＡＮＤには、バックドアが仕掛けられているんだ」

「バックドア？」

何ですかそれ、と訊く因幡に、平家が言った。

「僕がＬＡＮＤのサーバーに侵入してルートを握れる機能のことさ。いつでも入り込んで好き勝手できる、文字通りの〝裏口〟だね」

とんでもないことをさらりと明かされ、因幡は目を丸くした。

「な、なんだってそんなものが仕掛けてあるんですか？」

「いやあ、連中には日頃からいろいろ思うところがあったからねえ。いざというとき一泡吹かせるために用意しておいたんだ。これまで結局使わなかったし、僕自身もすっかり存在を忘れていたんだけどね」

揉《も》めた挙句、訴訟沙汰になったという、かつての共同創業者たちのことらしい。

「LANDのサイトとアプリは真さんが一人で設計、実装したものだが、そのコードがスパゲッティすぎて、バックドアは結局未だ誰にも見つかっていないそうなんだ」

「……そんなものを世界中の人間が知らずに使ってるのかと思うと、怖くなりますね」

因幡が呆れ半分で言うと、平家はキーボードを叩く音とともに笑った。

「とりあえず二時間前、LANDのサーバーに侵入して、アプリの更新用パッチに細工を施しておいた。これでLANDアプリを最新バージョンに更新したユーザーの端末は、余剰リソースをパス解析に差し出すことになる。それらを僕のC&Cサーバーでグリッド化して統括する。世界中あわせれば、まあ十万台ぐらいは軽いはずだ」

「でも……こんなことしてバレたりしないんですか？」

「そりゃあバレるに決まってるさ」

因幡が訊くと、平家はあっさりと言った。

「さすがにこんな大規模なことをすれば、バックドアも見つかって該当箇所を修正されるだろうね。だからこれが最初で最後、正真正銘一回きりのチャンスだ」

「い、いいんですか？　そんなのを使っちゃって」

因幡が訊くと、平家はふっと笑い、

「惜しい気持ちもなくはないよ。けれど、いいものを見せてもらったからね」

「いいもの？」

「君の熱意と成長だよ、柏手くん」

祢津が口笛を鳴らした。因幡は頭を掻く。

やがて、平家のキーボードを叩く音が止まった。

「――オーケー、準備完了だ。いつでもいいよ」

●

「ありがとう、真さん」

平家の報告に嵐崎は頷いた。ティーバッグで淹《い》れた紅茶を一口飲んで言う。

「では、行こうか」

6.

嵐崎のゴーサインとともに、平家はコマンドを入力した。すると、某国に設置されたC&Cサーバーがスリープを解除、世界中の端末に向けて命令を発した。それに従い、十万をはるかに超えるプロセッサが次々にフル稼働を開始する。総計一ペタフロップスをゆうに凌ぐ計算力は、たちまち電子の津波と化し、パスワードのロックを破るべく早乙女のPCへと襲いかかった。

同時に、PCに仕掛けられたセキュリティソフト《ナイトウォッチ》は、三回以上の誤ったパスワード入力が試行されたことを検知し、悲鳴のような警報をクイーンズタワーの警備室へ飛ばす。

警備室でそれを受け取った警備員たちは、驚きも束の間、迅速に対応に乗り出した。

午後八時三十分。

「――先生、ご歓談中に失礼します。早急にお伝えしたいことが」

早乙女は、失礼、と話をしていた相手に断り、秘書のほうに向き直った。

「どうした？」

秘書はスマートフォンを手にしたまま口早に言った。

「警備室から連絡です。先生のＰＣが何者かからの攻撃を受けている、と」

「なに？」

さすがに驚き、早乙女は目を細めた。

……間違いなく嵐崎の仕業だろう。しかし、一体どこからペントハウスに侵入した？

そもそもＵＳＢキーは自分の手元にある。これがなければパスワード入力画面にすら進めないはずだ。

早乙女はジャケットの内ポケットからＵＳＢキーを取り出し——すぐに目を見開いた。

違う。

手の中のスティックは自分のものではなかった。まったく同じタイプだが、別のものだ。

……まさか、すり替えられたというのか？　あり得ない。一体いつだ。

そう自問した早乙女は、しかし瞬間的にその答えにたどり着いた。

——失礼。ですが、支払いは私が。

昨日、ロビーのラウンジで嵐崎と顔を合わせたときだ。

あのとき嵐崎は、早乙女がそばを通り過ぎようとする寸前で立ち上がり、そのときに互いの肩同士が軽くぶつかった。あのときにスられたのだ。まさに転んでもただでは起きないといったところか。

「……やってくれたな」

早乙女は口の端を上げた。屈辱と、愉快さでだ。やはりこれぐらいの歯応えがなくてはおもしろくない。

秘書からスマートフォンを受け取る。通話の相手は警備主任だった。

「今まさに攻撃されている最中なのかね？」

「そうです」

ならば何も問題はない。

「人員を五人、ロビーの北ウィングエレベーターホールに回せ。それから北ウィング六十階のエレベーター前で張っている人員に、ペントハウスの非常階段を見張らせるように」

「了解」

スマートフォンを耳から離し、

「菱川くん。君は警備室で待機を」

「承知しました」

自らがペントハウスに行かない、という選択肢は、早乙女にはなかった。通話状態のスマートフォンを手にしたままホールを出ると、早足で地下一階を進む。エスカレーターを上がってロビーを横切り、北ウィングエレベーターホールへと向かった。

ホールにはすでに五人の警備員が待機していた。いずれも制服に身を包んだ屈強な男たちだ。

早乙女は彼らとともにエグゼクティブフロア専用ケージに乗り込むと、右手の親指をパネル下部のセンサーに押し付けた。指紋認証がクリアされたのを確認し、最上段の『R』ボタンを押す。

扉が閉まるのと同時に、スマートフォンで警備室の主任に確認する。

「PCへの攻撃は？」

「依然続行中です」

……ならば、これで終わりだ。エレベーターと階段、ペントハウスからの逃げ道はどちらも押さえた。

ケージの上昇に合わせてカウントされていく階数表示を眺めながら、早乙女は口の端を上げた。


「――へい、敵の大将が動いたぞ。お供をわらわら連れてエレベーターにご搭乗だ」

早乙女に張り付いていた祢津からの報告に、因幡はインカムを押さえた。

「それじゃ、こっちも配置に付くぞ」

「了解、敦。よろしく頼むよ」

「は。ったく、待ちくたびれたぜ！」

祢津は嬉しそうに鼻を鳴らした。因幡は焦りながら、

「あ、あの、それはいいんですけど、こっちはいつまでかかるんですか？」

早乙女のＰＣのパスワード解析が開始されてから、すでに五分が経過している。しかし、未だそのタスクは終わる気配がない。

平家が慌てる様子もなく言った。

「前に説明した通りだよ。最高にうまくいって十分——運が悪ければそれ以上、だね」

「いやいやいや！　もう早乙女がハウスに着いちゃいますよ⁉」

何しろ見た目で確認する方法が何もないのだ。不安はいや増すばかりである。

「そもそもこのグリッド化ってシステム、ちゃんと機能してるんですよね？」

「うーん……どうだろう？」

「えええ⁉　ち、ちょっと平家さん⁉」

「いやあ、テストなしのぶっつけ本番だったわけだから、正直百パーセントの動作保証はできかねるね。僕は確信の持てないことは断言しない主義なんだ」

「そ、そこは嘘でも断言してくださいってば！」

思わず胸を掻きむしりたくなる因幡に、

「——大丈夫だよ、青年。きっと大丈夫だ」

嵐崎が言った。まるで気負ったところのない、いつもと変わらぬその声音に、因幡は唇を噛む。

わかっている。今はただ信じるしかない。

ぎゅっと目をつぶり、強く念じる。

……今更神頼みだなんて虫のいい話だってわかってる。それでもお願いだ。自分に父親の仇を取らせてほしい。開いてくれ。頼む。開け。

開け！

そのとき、薄暗い闇の中に浮かび上がったＰＣのモニターに変化があった。

パスワード入力画面が消え、起動音とともにデスクトップが表示される。

すぐに平家が快哉を叫んだ。

「——ビンゴ！　ログインに成功したよ」

「や、やった！」

「よっしゃ！」

因幡と祢津が大きな声を出す中、嵐崎が訊いた。

「真さん。データの吸い出しはどれぐらいで？」

「えーと……もう一分くれるかい」

「い、急いでください！」

わめいた因幡はその間に、コートのポケットから自前のスマートフォンを取り出し、モニターに指をかけた。

「オーケー。全データの吸い出しが終わったよ」

平家の報告に、因幡は言う。

「それじゃ、こっちも始めます！」

「もちろんだ。やってくれたまえ、青年」

上昇するケージ内で、パネルの階数表示が五十九に達した辺りでのことだった。

突然、早乙女はかすかな揺れと音を感じ、眉をひそめた。

「……なんだ、今のは？」

警備員たちもにわかに動揺した様子で、顔を見合わせている。

やがて、ちん、というベルとともにケージがペントハウスへと到着した。扉が開く。

同時に早乙女はかすかな異臭を感じ、ますます眉をひそめた。

「書斎だ。急げ」

広い廊下を歩き、まっすぐ書斎へと向かう。

しかし現場のドアを開けた途端、

「……っ！　なんだこれは⁉」

室内からもうもうとした黒煙があふれ出てきた。警備員たちが煙を振り払いながら、中へ突入する。早乙女も取り出したハンカチで口元を押さえつつ、それに続いた。

書斎は、まるで嵐が過ぎ去ったあとのようだった。デスクと椅子がこちらに向かって引っ繰り返り、その上に載っていたはずのＰＣも床で無残にひしゃげている。

カーペットが黒く焼け焦げているところから見て、どうやら爆発物を使用したらしい。侵入不可能であるはずのペントハウスにまんまと出入りを許したことに加えてのその暴挙に、早乙女は強い腹立たしさを覚えた。

「せ、先生！」

警備員の一人が呼んだ。

「どうした？」

「これを……」

警備員は未だ煙が立ち込める中、書棚のほうを指差していた。そこには金色のピンで一枚の黒いカードが留められ、短いメッセージがしたためられている。

《早乙女巌衆議院議員へ
　貴殿が秘匿する裏帳簿データは、たしかに頂戴した　ジャバウォック》

口元に凶悪な笑みを浮かべながら、早乙女はカードを引き剝がし、握り潰した。振り返らないまま、警備員たちに短く命じる。

「侵入者を捜せ。まだハウス内にいるはずだ」

早乙女の静かな怒気に警備員たちは血相を変え、手分けしてハウス内の捜索を始めた。

だが、

「……どこにもいないだと？」

警備員たちからもたらされたその報告に、早乙女はハウスのリビングで眉をひそめた。

「は、はい。隠れられそうなところは隅々まで調べましたが、ペントハウス内には人っ子一人見当たりません」

「確かかね？」

「もちろんです」

五人の警備員たちは顔を見合わせ、頷き合った。

早乙女はスマートフォンで警備室に確認する。

「私たちがハウスに上がってから、一度でもエレベーターを階下に下ろしたかね？」

「いいえ、先生たちが到着後、ケージはハウスで停止させていますので……」

「では、非常階段は？」

「こ、こちらも警備員が封鎖後は、誰一人通っていません」

では、エレベーターも階段も使われていないことになる。

早乙女は少し考え、再び警備員たちに訊いた。

「ロープか何かで、直接外壁伝いに逃げられた可能性は？」

「いえ、ルーフテラスも確認しましたが、それらしい痕跡は見当たりません」

たしかにPCへの攻撃を検知してから早乙女たちが現場に到着するまで、およそ十分程度しかなかった。たったそれだけの間にPCのロックを破ってデータを吸い出し、かつ地上二五〇メートルのペントハウスからロープで脱出した――しかも、その痕跡を完壁に消し去って――などということができたはずがない。

しかし、

「それでは侵入者は、この密室と化したペントハウスから煙のごとく消《き》え失《う》せたとでも言うつもりか!?」

その怒声に、警備員たちはぎくりと身を強張《こわば》らせた。

早乙女は役立たずの木偶《でく》の坊《ぼう》どもから目を逸らすと、髪を掻《か》き上《あ》げて息をついた。

……冷静になれ。あり得ないことが起こっている。侵入者は一体どこへ消えた？

「せ、先生、お一人で動かれては危険です！」

警備員の制止を無視し、早乙女はリビングのガラス戸を開けた。そのガラス戸が割られ、破片がリビングの内側に散っていることはすでに確認済みだ。侵入者はここからハウス内に侵入したらしい。しかし、屋上までは一体どうやって？　本当にホテルの外壁をよじ登ってきたとでもいうのか。

テラスに出ると、パラペットに両手を突き、はるか眼下を睥睨《へいげい》する。と、

「……？」

早乙女はすぐにそれに気づいた。

クイーンズタワーの正面は、投光器でライトアップがされている。そこに妙な人影がいた。もちろん地上二五〇メートルからの肉眼による視認なので、通常なら見分けなどつかなかっただろう。しかし早乙女にそれが可能だったのは、その人影の妙な恰好が、かつて見知っていたものと同じだったからだ。

黒いボディースーツに黒いコートを羽織り、グローブとブーツ、バイザーで素顔を隠している。全身黒ずくめで、まっすぐこちらを見上げているあの姿は――

「……ジャバウォックだと？」

目を細める。

……一体何者だ。もちろん神代麻人であるはずがない。しかし、あの背恰好は嵐崎でもないだろう。もっと小さい。そもそも侵入者がやつだとすれば、一体どうやってこの

ペントハウスから脱出した？

いや、それを考えるのはあとでいい。

「侵入者はホテル正面の都庁通りにいる！　すぐに確保しろ！」

早乙女はスマートフォンで警備室に命令した。

データは侵入者を捕まえて取り戻せばいい。正体を明らかにすれば弱点などすぐに出てくる。自分に歯向かい、愚かにもあんな往来に堂々と姿をさらしたことを、存分に後悔させてやる。

早乙女は踵を返し、エレベーターへと向かった。

5.

「――あ、早乙女がこっちに気づきました」

クイーンズタワー前の都庁通りから、バイザーのカメラを望遠にして北ウィングの頂上を見張っていた因幡は、そこに現れた早乙女がこちらを見下ろすのを確認した。インカムを押さえながら訊く。

「……でも、いいんですかこれ？」

早乙女のパーティーに出席していた客が帰り始めているらしく、ホテルの前は人通りが絶えない。ロータリーにも引っ切りなしに送迎車が入っては出ていく。そこに黒ずくめの恰好で顔にバイザーまで装着した因幡は、当然ながら人目を引きまくっていた。ひょっとすると、通行人に動画の一つや二つは撮られているかもしれない。

「構わないさ。派手に行こう」

嵐崎の楽しげな返事に、因幡は肩をすくめる。実のところ修羅場にさらされすぎたせいか、もはや他人の目も気にならなくなっていた。黒ずくめの衣装も、いつの間にか、これまでずっと身に着けてきたかのように馴染んでいる。

と、ホテルのエントランスから、制服を着た警備員が数人飛び出してくるのが見えた。

因幡は鋭く言う。

「来ました！」

「──敦？」

「慌てんな！　もう着く！」

インカムから祢津の返事が耳に飛び込んできたのと同時に、因幡のすぐ背後の車道でメルセデスが甲高い音を立てて急停車した。因幡は身を翻し、その後部座席に飛び込む。

すると サイドミラー越しに、後方から車輛が三台走ってくるのが見えた。追手だ。

「ったく、マジでリードタイムはゼロかよ。──おい因幡！　ベルト締めたか⁉」

アクセルを吹かし、エンジンの回転数を調節していた祢津は、因幡がドアを閉め、べ

ルトをバックルに差し込むと、

「締めました！」

「よし」

即座に神業的なクラッチミートを見せた。後輪駆動のFR車は都心のよく整備された路面にしっかりと食らいつき、鞭《むち》を入れた競走馬のように走り出す。たちまち因幡は慣性でシートに叩きつけられ、ぐえ、とうめいた。

一気に時速八〇キロまで車体を加速させた祢津は、華麗にステアリングを捌《さば》いて前方の車輛をオーバーテイクしながら笑った。

「頭からケツまで嵐崎の言う通りってのは癪だが、ここは一丁乗せられといてやる！　しっかりつかまってろよ！　飛ばすぞ！」


クイーンズタワーの警備員である飯塚雅哉《いいづかまさや》は、愛車であるGT－Rのステアリングを握り、逃走する黒いメルセデスを追っていた。

「逃がすかよ！」

ホテル正面から都庁北交差点までのおよそ一〇〇メートルの直線だけで、メルセデスを駆っているのが並のドライバーでないことはすぐにわかった。先行車輛を一切の無駄なくすり抜けるようにかわしていく、その後ろ姿に惚《ほ》れぼれするような艶《つや》がある。あのドライバーは自分と同じ、数百分の一秒の世界を生きる人種だ。そう確信した。

飯塚は元交番勤務の警察官だった。しかし、箱根の峠で走り屋をやっていた頃の悪癖が抜けず、たびたび自家用車でスピード違反を繰り返していた。同じ警官のよしみで何度か目こぼしをもらっていたものの、あまりにもたび重ねる行状にとうとう懲戒処分を食らい、依願退職したのだ。元警官の肩書きもあって警備会社に再就職できたものの、ホテル警備は交番勤務以上に退屈な仕事で、正直飯塚は腐っていた。

だが、まさかその退屈な仕事を介して、こんな好敵手に出会えようとは。

まるで公道がサーキットに変貌したかのような、この興奮。

久しぶりに味わう麻薬のような甘美な体験に、飯塚はもはや絶頂寸前だった。

「さあさあどうする。このままじゃすぐに鬼ごっこも終わりだぜ？」

メルセデスは都庁北交差点を左折し、北通りへ入った。間に車輌数台を挟んだまま、飯塚もそれを追う。赤信号だが構わず交差点に突っ込み、北通りへすべり込むと、立ち上がりの加速で一気に差を詰めていく。

メルセデスの足回りは本来やわらかめのはずだ。しかしそれを固めのコシのあるものに調整し、片側三車線の道路を泳ぐように走らせるドライバーのテクニックは、文句なしに見事だった。が、いかんせんその車体は重量級だ。加速性能はどうしたって一枚落ちる。GT-Rも本来重いが、飯塚のそれはフルチューンして軽量化を図ってある。さらに４ＷＤのトラクションとメーカー謹製である専用ツインターボのパワーは、フルスロットルにするだけで数秒の遅れなどたちまちゼロにすることが可能だ。

おまけに、土曜のこの時間はまだまだ交通量も多い。信号待ちの車列に捕まれば絶対に抜け出せないだろう。首都高に逃げ込んでも渋滞に嵌まるだけだ。

……普通のドライバーなら振り切られたかもしれないが、俺と、俺の愛車が警備に当たってたことが運の尽きだったな。

飯塚は内心で呟きながら、前方の車輛をもう一台抜き去る。すると、ついにメルセデスとの間を遮るものがなくなった。メルセデスの前方の交差点はたった今信号が青になったばかりで、それを待っていた車がまだ数台詰まっている。それらをかわして前に出ることはできない。

終わりだ！

飯塚は会心の笑みを浮かべ――しかし、すぐに眉をひそめた。

メルセデスがまるで速度を落とす気配がないのだ。むしろますます加速し、猛然と交差点に突っ込んでいく。馬鹿野郎！　追突するぞ！　数百分の一秒の世界で、飯塚が無音の叫びを上げたそのときだった。

メルセデスが妙な動きをし始めた。馬のように左に尻を振る。かと思うと、次の瞬間、その後輪をがっちりロックし、

「なっ！」

遠心力で車体後部をすべらせながら、交差点の中央で急転回していった。

そのテールランプが交差点の中央に描いた今宵《こよい》の月のような美しい半円を、飯塚はどこかこの世のものではないように眺めた。

百八十度向きを変えて対向車線に収まったメルセデスは、即座にフルスロットル、後輪を回転させ、反対方向へ駆け抜けていく。

飯塚ははっと我に返ったが、時すでに遅しだった。対向車線はメルセデスのあとに車輌が続き、割り込む余地がない。かといって、こちらの車線で止まるわけにもいかず、交差点をまっすぐ通り抜けるしかなかった。

ステアリングをぶっ叩く。悔し紛れのクラクションが長々と鳴り響いた。

「こ、公道で何てことしやがるっ！」


一方、ブレーキングスピンターンからのロケットスタートという荒業で追手を振り切った祢津は、有頂天になってはしゃいでいた。

「おらあ、どうだ！　見たか因幡、俺のドラテクを！」

その後部座席でジェットコースターのような遠心力に振り回され、ぐでんぐでんになりながら因幡は言った。

「……お、お見事です」

「そうだろそうだろ！」

ステアリングを叩きながら呵々大笑する祢津に、嵐崎が釘を刺す。

「──敦。大喜びするのは結構だが、このあとの段取りを忘れてはいないだろうね？」

「は、わかってるっての！」

メルセデスは新宿中央公園前交差点を右折し、公園通りへと入っていった。


「くそっ！」

すぐに左折を繰り返し、北通りの対向車線に戻ってきた飯塚は、毒づきながら公園通りへと急行した。

逃走中のメルセデスがホテル西側を走るこの通りへ入ったことを、後続の追手が確認したのだ。しかしその報告を受け、残っていた警備員がホテル前を固めたというのに、犯人はもちろん逃走車輌すら発見できないという。

「どこへ行きやがった」

公園通りは東をクイーンズタワー、西を広大な新宿中央公園の敷地に挟まれた一本道だ。逃げられるような脇道はない。侵入者は屋上のペントハウスから煙のように消え失せ、ホテル正面に現れたというが、車まで同じようにしてみせたとでもいうのか。

と、車道脇にトラックが停まり、そのそばの歩道で作業員が工事をしていた。近頃よく見かけるタイルの張り替えだろう。フェンスで歩行者用の迂廻路が広く採られている。

飯塚はハザードランプを焚《た》いて路肩に車を停めると、助手席のウィンドウを開けた。そちらに身を乗り出し、

「悪い！　ちょっといいか！」

手押し車でタイルを運んでいたバイトとおぼしき青年に声をかけた。もう一人の作業員が斫りハンマーでタイルを剝がす轟音が響いているので、声を張る。

振り返った青年は手押し車を置くと、首にかけたタオルで頰を拭いた。警備員然とした飯塚と愛車を見やり、気のない声を出す。

「はあ、何スか？」

「君たち、ここでずっと作業してたんだよな。ついさっき、この通りを黒いメルセデスが通らなかったか？」

首をかしげ、

「いや、ちょっとわかんないっスけど……班長！」

もう一人の作業員に声をかける。

「――んー？」

ヘルメットをかぶった作業員は手を止め、振り返った。

「なんだい」

「この通りを車が走ってるの見なかったかって、この人が」

「車？　何の」

「何でしたっけ」

そう訊き返され、いらいらしながら答える。

「メルセデスだ！」

青年は考え込む。そして、

「あ、そういえば」

「なんだ⁉」

「メルセデスって、どんな車でしたっけ？」

「どんな⁉」

……メルセデスを知らない⁉　正気か⁉　これが若者のクルマ離れの弊害か⁉

歯噛みし、唸りながら頭を掻きむしる飯塚を前に、青年は、何なんだよこいつ、と言わんばかりの怪訝《けげん》な顔をしてみせた。

6.

……この役立たずどもが！

ペントハウスをあとにし、警備室に詰めていた早乙女は、侵入者を追いかけて出ていった警備員たちからの報告を受け、そう怒鳴り散らしたくなった。必死でそれをこらえ、スマートフォンに向かって低い声で言う。

「とにかく捜索を続けたまえ」

返事は聞かず、通話を切った。

「先生。あまり会場を留守にされては……」

「わかっている」

撥《は》ね付《つ》けるように秘書に言って、早乙女はじっと考える。

あり得ない。一体どういうことだ。ペントハウスに侵入されたことももちろんだが、そこからどうやって脱出した。しかも、今度は逃走した車輛ごと消えただと。

……あり得ないといえば、わざわざホテル前に出てきて、こちらに姿をさらしたこともそうだ。まるで追いかけて来いとでも言わんばかりのあのふざけたパフォーマンスに、一体何の意味が——

そこで、はっとした。口元を押さえ、目を細める。暗い頭の中で、ちりちりと思考の火花が散った。

三秒後、

「……せ、先生？」

「ついてこい」

早乙女は秘書に短く命じ、警備室を出た。厳しい形相を浮かべ、つかつかとロビーを歩く早乙女に、ホテルの客たちが何事かという視線を投げかけてくる。頭の中で別の自分が、感情を面に出すな、と警告を発している。だが、より激しい怒りがそれを塗り潰した。

北ウィングのエレベーターホールに着くと、

「失礼。緊急事態ですので」

有無を言わせず待っていた客を掻き分け、エグゼクティブフロア専用ケージのボタンを押す。客たちは驚きつつも、早乙女の鬼気迫る様子に戸惑いながら先を譲った。

「先生、一体何を……」

そのかつてない剣幕に、慌ててついてきた秘書も狼狽する中、早乙女は到着したケージ内に入ると、さっと周囲を見回した。その目を天井でとめる。

九枚に分割された天井パネル——その右隅の一枚が、かすかにズレていた。

早乙女はそれを見つめたまま、ケージ内に入るよう秘書に手で促す。秘書がケージに入り、扉が閉まってから言った。

「床に這《は》い蹲《つくば》って、馬になれ」

「は」

一体何を言われたのかわからない——そんな愕然《がくぜん》とした表情を浮かべる秘書に、早乙女は酷薄に告げた。

「二度は言わん。早くしたまえ」

棒を飲んだように立ち尽くしていた秘書は、やがて言われるままに、よろよろと床に両手両ひざを着いた。

早乙女は靴を履いたまま、四《よ》つん這《ば》いになった秘書を躊躇なく踏み台にすると、手すりに足をかけて天井のパネルを押し上げた。すでにビスが外されていたパネルは、何の抵抗もなくあっさり持ち上がる。

そのまま早乙女は秘書の背中を蹴り、手すりの上に立った。四角い穴から天井裏を覗く。すると、かすかな明かりでうっすら見通せるその奥に、何かが落ちていた。

目を凝らすと、どうやら白い紙コップのようだ。縁から覗いている紐《ひも》は紅茶のティーバッグらしい。その周囲に堆積している埃も、かなり乱れている。

早乙女は口元を引きつらせた。

すぐに警備員室へ取って返した早乙女は、モニタールームの警備員に訊いた。

「エレベーターの防犯カメラの映像は？」

「え？」

「エレベーター内の映像だ。すぐにテープを巻き戻せ」

「あ、いえ、サーバーに保存されている映像ですので、テープではありませんが――」

「早くしろ！」

刃物のような目つきで睨んでやると、警備員は口を閉じた。

「二十分前、私たちがペントハウスに向かったところからだ」

警備員が慌てて端末を操作する中、早乙女は目の前のモニターを注視する。

ややあって表示されたのは、広角レンズがケージ内を斜めに見下ろす映像だった。早乙女が先頭に立ち、その後ろに五人の警備員が控えている。やがてケージはペントハウスに到着し、例の爆発の異臭に全員が鼻白んだ様子を見せつつも廊下に殺到、画面から消えていった。

「早送りしろ」

早乙女の指示に従い、映像の時間が倍速で進んでいく。といっても、ケージ内には誰もいないため、見た目に変化はない。

が、突然そこに動きがあった。

「なっ……」

天井のパネルの一枚が開き、そこから、ひょい、と何かが逆さに顔を覗かせたのだ。

ネコだった。

いや、正しくはネコのラバーマスクをつけた人間だ。絶妙に出来が悪く、目の焦点が合っていないのが不気味だった。

しかし、背恰好からして百パーセント間違いない。嵐崎だ。

出来の悪いかぶりもので頭を隠した泥棒は、すとん、とケージ内に下りてくると、カメラに向かって挨拶でもするように手を上げた。

「――――」

その瞬間、早乙女はすべてを理解した。すぐにスマートフォンを取り出し、逃走する車輌を追ったという警備員にコールバックする。

「――工事現場の作業員に、逃走車輌の行方を訊いたと言ったな⁉」

「え？　ええ、はい」

通話先の警備員は戸惑った声音で返事をした。

「そいつらだ！」

「は？」

早乙女は歯噛みする。……なぜ気づかない⁉　自分の周囲には馬鹿しかいないのか⁉

「今日は土曜日だ、道路工事をやっているはずがない！　その作業員たちは、私のペントハウスからデータを盗んだ泥棒たちの変装だ！」

MISSION.6 真相

1.

……録画されたテープのように、一日だけ時間を巻き戻す。


十一月二十九日、金曜日。

早乙女のパーティーが開催される前日、午後十時のことである。

「よーし、今日はそろそろ片づけに入るかー」

「了解っス」

班長の大楠の号令に、バイト作業員の鯖江直樹はそう返事をした。手押し車をトラックの荷台に戻し、やれやれと首を回す。

「あ、そうだ班長。このドライバー、班長のですか」

鯖江は作業中に植え込みのそばで拾ったドライバーを手に、大楠に訊いた。

「ん？　いやー、見覚えないな。どうしたの、これ？」

「さっき植え込みのそばで拾ったんっスよ」

「そうか。昼番の連中が落としたのかもしれないな。確認しとくよ」

ウッス、と鯖江はドライバーを大楠に渡し、背を伸ばした。明日は土曜日で工事も休みだ。必然的にバイトもない。とりあえず昼まで寝るか、と後ろ向きな決心を固める。

そんな鯖江の後ろで、大楠は首を捻っていた。

「けど、工事にドライバーなんて使わないんだけどなあ」

もちろんそのドライバーが、二人がいる地上より二〇〇メートルもの上空から落下してきたものだなどとは、到底知る由もないことだった。


一方その頃、ペントハウスの書斎にて、因幡は早乙女のノートＰＣへのログイン作業の真っ最中だった。平家に渡された端末をポートに挿す。その端末が平家のＰＣと同期し、ＬＡＮＤのアプリをインストールした世界中のスマートフォンをパスクラックツールに変える準備が無事整う。

「――オーケー、準備完了だ。いつでもいいよ」

インカムから聞こえる平家の声に、因幡は言った。

「……って言っても、今すぐＰＣのロックを破るわけにはいかないんですよね」

「まあね」

嵐崎が訊いた。

「――敦。早乙女がクイーンズタワーにやってくる気配は？」

「相変わらずねえな」

前日までと同様、車で早乙女を尾行し、その動向を見張っている祢津は、心底退屈そうに舌打ちした。

「ち、お前らだけで楽しみやがって……。こっちは干からびそうだぜ」

「まあまあ、明日になればたっぷり出番があるさ。では青年、最後のセッティング、よろしく頼むよ」

「了解」

因幡はバックパックを下ろし、ファスナーを開けた。中から取り出したのは、リムや弦、ストックの付いたユニットだ。それらをさくさく組み立てて完成させたのは、底畑から渡されたボウガンだった。

次に矢と電動ウィンチを取り出す。ウィンチからテグスを引っ張り出し、矢の後端のリングに結ぶ。一方、ウィンチに付属したカラビナを、平家のスマートフォンのホールドリングに取り付けた。そしてボウガンの弦を引き上げ、矢をレールに乗せる。

因幡は天井を見上げた。ドア側の一隅に見当をつけると、狙いを定め、トリガーを引く。射出された矢は狙いあやまたず、ばすっ、と天井を貫通し、天井裏へと消えた。

「よし」

ボウガンを解体してバックパックにしまう。入れ替わりに、今度は小型のジュラルミンボックスを取り出した。蓋を開けると、緩衝材に覆われた中から、細長いスティック状の固形物をそっと取り出す。色はピンクで、一見すると魚肉ソーセージのようだが、もちろんそんな呑気な代物ではない。嵐崎が調達し（正しくはその指示を受けた祢津が）、底畑が調合した爆薬だ。

嵐崎が朗らかに言った。

「ああ、そういえば治郎さんから青年に言伝《ことづて》があったよ。くれぐれもトチって爆発させるな、だそうだ」

「ちょっと！　妙な振りやめてくださいよ！」

思わずわめいた因幡だが、すぐに深呼吸する。こんな馬鹿なやりとりで誤って爆発なんてさせたら、それこそ泣くに泣けない。

爆薬のスティックをガムテープでデスク上に留めると、隣にプリント基盤とスマートフォンを繋げた起爆装置を設置し、二本のコード端子をそれぞれスティックに差す。

無事に作業を終え、大きく息をついた。

「……終わりました」

「ご苦労、青年。では速やかに撤収してくれたまえ。ああ、現場に犯行証明を残すのを忘れないように」

「あ」

因幡はポケットから黒いカードを取り出し、それを金色のピンで書棚の適当なところに留める。

「……まだ盗めてもないのに〝たしかに頂戴した〟だなんて、はったりもいいとこですよね」

その呆れ声に、嵐崎は笑った。

「それもまた計画のうちさ」

ペントハウスを出た因幡は、屋上にホールドしておいたロープに新しいロープを繋いだ。それを使って再度懸垂下降を行い、レギュラーフロア五十階の屋上へと下りていく。

無事到着すると、今度はポールに結んでおいた一端をナイフで切り、北ウィング屋上まで一繋ぎになった長いロープすべてを引っ張って回収した。

そして南ウィングまで戻ると、これまた懸垂下降時に利用して放置していたロープに、バックパックから取り出したハンドウィンチを取り付け、ハーネスのカラビナと繋いだ。

ハンドルを回すと、ハーネスが身に食い込む感触とともに、ゆっくり身体がロープを伝って上昇していく。

多少時間はかかったものの、およそ二十分後には、因幡は再び南ウィングの屋上に舞い戻っていた。

あとはまた通気ダクトを抜けて、プールの更衣室へと下りるだけだ。

「はあ、これさえなければ……」

足先から窮屈なダクト口へ身体を潜り込ませながら、因幡はぼやいた。


そして翌十一月三十日、土曜日――早乙女のパーティー開催当日。

パーティー開始より四時間早い午後二時にクイーンズタワーへ集合した因幡たちは、再度手分けして計画を決行した。

通常の倍の警備員があちこちに配置され、まさに厳戒態勢といった様子のロビーを、嵐崎と因幡は堂々と歩いていく。因幡は普段通りの服装で、手に荷物の入ったボストンバッグを持っただけだが、

「あの、嵐崎さん……その恰好、何なんですか？」

「似合うかい？　テーマは七〇年代英国のグラムロッカーだ」

嵐崎は長髪のウィッグにサングラス、刺繍《ししゅう》の入ったド派手なコートに先の尖《とが》った靴という変装を施していた。しかし国際色豊かな客層のせいか、案外浮いた感じもない。

北ウィングのエレベーターホールからエグゼクティブフロア専用ケージに乗り込む。もちろん他に誰も乗ってこないタイミングを見計ってだ。因幡が六十階のボタンを押し、扉が閉まると同時に、嵐崎がインカムに向けて言った。

「――真さん？」

「オーケー。防犯カメラの映像をダミーに差し替えたよ」

昨日と同じくラウンジでPCを開き、防犯カメラのシステムに侵入している平家が返事をする。これで警備室のモニターには、嵐崎と因幡がケージの中でじっと到着を待っているだけに見えるはずだ。

二人は即座に行動を開始した。嵐崎は手すりに足を乗せ、ぐいっとその上に登る。因幡はバッグから電動ドライバーを取り出し、投げるように嵐崎に渡した。嵐崎はそれで天井パネルを留めていたビスを外していく。が、案外その数が多い。

「前にも言った通り、ダミー映像への差し替えはこれ一回きりだ。六十階到着まで二十八秒。扉が開けば即警備員と対面だから、手早く頼むよ」

「よし、ここは失敗するほうに一万張っとくか」

「そうだねえ。じゃあ僕も」

「ちょっと二人とも！」

わめく因幡。その間にも、嵐崎はなんとかぎりぎりですべてのビスを外し終え、

「青年！」

因幡に電動ドライバーを投げて返した。そして頭上のパネルを押し開け、よっ、と穴の中へよじ登っていく。

「うわ、埃だらけだなあ。……やっぱり誰か代わってもらえるかい？」

「いや今更何言ってるんですか！　早く上がってくださいよ！」

「やれやれ、仕方ないな」

ケージの天井裏に上がった嵐崎は、ウィッグやサングラス、コートを脱いで、四角い穴からどさどさと床に落とした。

「では、パーティー開始まで四時間。私はお茶を飲みながら、本でも読んで待つよ」

穴から手を出し、因幡から自前のチェスターコートを受け取ると、ああそれから、と続ける。

「敦、真さん。残念ながら、今回は私の総取りだ」

インカムから聞こえる祢津の舌打ちと平家の苦笑に、因幡はため息をつきつつ、床のウィッグやサングラスを回収した。

そして早乙女のパーティーが宴もたけなわを迎えた、午後八時三十分。

「さて、こっちはいつでも始められるよ」

平家からの報告に、

「ありがとう、真さん」

都合六時間以上も暗くて狭い、おまけに引っきりなしに上昇下降を繰り返すエグゼクティブフロア専用ケージの天井裏に潜んだままだった嵐崎は、しかしまるで倦んだ様子もなく紅茶を飲みながら言った。

「では、行こうか」

その号令に合わせ、平家がキーを叩く。同時に、グリッド化された世界中の端末が、早乙女のPCへのパスワード解析を始め、その警報が警備室へと発された。

「──へい、敵の大将が動いたぞ。お供をわらわら連れてエレベーターにご搭乗だ」

地下一階廊下に設置されたソファに座り、早乙女の動向を見張っていた祢津の報告を、嵐崎はすぐに身をもって体験することになった。

なぜなら自分の潜むケージが一階に喚《よ》び出されたかと思うと、まさしくすぐ真下に早乙女が乗り込んできて、パネルを操作し始めたからだ。

すぐにケージは上昇を始めた。もちろん早乙女も、すぐ真上に泥棒が潜んでおり、自らペントハウスに案内している最中だとは思いも寄らないだろう。

「──ビンゴ！　ログインに成功したよ」

因幡と祢津が快哉を叫ぶ中、嵐崎は片足を立てて座り込んだまま、無言で口の端を上げた。何しろすぐ真下に早乙女がいるのだ。大きな声を出すわけにはいかない。

「それじゃ、こっちも始めます！」

因幡の言葉に頷き、小声で言う。

「もちろんだ。やってくれたまえ、青年」

因幡がスマートフォンをタップすると、ペントハウスの書斎で、電動ウィンチが起動した。底畑が以前説明した通り、ＳＩＭが内蔵され、遠隔操作も可能なそれは、モーター音とともに高速でテグスを巻き取っていく。

そこからは、これも以前底畑が実演してみせたことの再現だった。

天井裏に入り込んだ矢と端末を繋いだテグスが、ぴん、と張る。なおもウィンチはテグスを巻き取り続けるが、矢のほうは天井裏でかえしの役割を果たしているため抜け落ちてこず、ウィンチと繋がった平家の端末のほうが、挿し込まれていたＰＣから抜けた。床に落ちると、テグスが巻き取られるまま、ずるずる移動していく。

やがて矢が射込まれた天井の真下まで来たところで、端末は大きく揺れながら床を離れた。そのまま天井まで上昇し、もうこれ以上テグスを巻き取れなくなったところでウインチは抵抗するような唸りを上げ、勝手に停止した。

さらに、因幡は続けてスマートフォンをタップした。

「……なんだ、今のは？」

真下にいる早乙女たちから動揺する気配が伝わってくる。その音と揺れは、嵐崎も感じ取っていた。因幡が遠隔操作で爆薬を炸裂《さくれつ》させたのだ。

ちん、というベルとともに、ケージがペントハウスに到着した。たちまち早乙女たちは廊下に殺到する。が、嵐崎は慌てることなく、紅茶の入った紙コップを傾けた。

今頃早乙女たちは、爆破して荒らされた書斎、そこに残された犯行証明を見つけて大慌てしているだろう。そしてすぐに手分けして、いるはずのない侵入者を捜すべく、ハウス内をあちこち引っ繰り返しているはずだ。

「さあて」

嵐崎は空にした紙コップを置くと、バッグからネコのラバーマスクを取り出した。すっぽりと頭にかぶる。

警備員たちがひと通り捜索を終え、早乙女に報告している頃合を見計らって、そっと足元のパネルを開ける。念のため頭だけ先に出して様子をうかがうと、上がったときと逆の手順で、よっこらしょ、とケージ内に下りた。そして、ひょいとケージ内の防犯カメラに向かって手を上げる。

音を立てないよう、抜き足差し足で廊下を進む。

「……どこにもいないだと？」

どうやら早乙女たちはリビングにいるらしい。嵐崎は足を止め、すぐそばのドアを開けた。するとそこは寝室とおぼしき部屋だった。セミダブルのベッドが二つに、クローゼットがある。書斎の隣――昨日、因幡が捜し回ったばかりの七つ目の客室だ。

「ふむ、ここでいいか」

嵐崎はいそいそとクローゼットに入り込み、息をひそめた。

「――あ、早乙女がこっちに気づきました」

因幡が言った。ルーフテラスに出た早乙女が、ホテル前の通りで待機していた因幡に気づいたらしい。

「……でも、いいんですかこれ？」

夜とはいえ、ホテル前にはまだまだ人通りがある。そこに黒ずくめの恰好で、顔にバイザーまで装着した因幡は、さぞ人目を引いているだろう。

その光景を想像した嵐崎は、小さく笑ってこう言った。

「構わないさ。派手に行こう」

しばらくしてから、嵐崎はゆっくりとクローゼットの戸を開いた。

オーダー通り、派手に人目を引きながらメルセデスで逃走した因幡たちに注意を引かれ、早乙女たちはまんまとエレベーターで階下に下りていった。

「さて」

自分以外は完全に無人となったハウスの廊下を悠々と歩き、書斎へ向かう。

「うーん、焦げ臭いな……」

ドアを開けると、想像以上に異臭が鼻をついた。

爆薬を使った理由は二つある。

まず一つは室内を荒らし、やはり注意をそちらに集めるため。

そしてもう一つは、煙で天井付近の視界を悪くするためだ。

すでにすっかり煙は晴れているため、嵐崎にはすぐにそれが確認できた。

天井の一隅から、ウィンチでスマートフォン端末が宙吊りにされている。

デスクを起こし、その真下に引きずって移動させると、上によじ登る。コートのポケットから用意してきたはさみを取り出し、ぱちんとテグスを切った。

「よし」

デスクから下りると、鼻歌まじりにエレベーターへと向かう。ボタンを押し、到着したケージに乗り込む。

くるりと振り向くと、再びカメラに向かって裏帳簿データが入った端末を振ってみせた。

2.

モニター上で端末を振る泥棒の映像を見せられた早乙女は、がん、とこぶしをデスクに叩きつけた。警備員たちがぎくりと身を強張らせる。

そこへ電話がかかってきた。早乙女は画面を確認もせずに出る。そして、

「――こんばんは、早乙女議員」

その声に、目を剝《む》いた。もはや誰何するまでもない。早乙女は憤怒《ふんぬ》の笑みを浮かべながら、電話の向こうの嵐崎に向かって低い声を出した。

「……貴様、まさかこのまま無事で済むとは思っていまいな？」

「ははは、それはどうでしょう？」

どこまでも人を虚仮にした物言いの背後から、ざわざわという声が聞こえる。映像のタイムスタンプを確認するまでもなく、この男がペントハウスから下りてきたのはついさっきのはずだ。間違いなく、まだホテルの中にいる。

「ええ。お察しの通り、まだホテルにいますよ」

こちらの思考を読んで、嵐崎が言った。

早乙女は警備室を出ると、早足で廊下を歩いた。これだけ背後から声が聞こえる場所となると、ロビー、レセプションホール、あるいはショッピングモールしかない。そのいずれであってもロビーで待ち構えていれば捕まえられる。素早くそう判断し、まっすぐそちらへ向かう。

すると人通りの多いロビーの中央辺りに、エントランスへ向かって歩く嵐崎を見つけた。焼けつくような怒りに駆られ、早乙女は走り出す。人の波を縫い、その背中へ手を伸ばす。

だが、その手が嵐崎の肩をつかむ寸前、真横から出てきた人影と衝突し、

「……っ！」

バランスを崩して、その場に転倒してしまった。

屈辱に顔をしかめる。……くそ、この私の行く手を遮るとは、一体どこの痴れ者だ⁉

睨《ね》めつけるように顔を上げた早乙女は、しかし、そのぶつかった相手を見て言葉を失った。

男だ。ジャケットにスラックス、中折れ帽をかぶっている。頭髪と口元に生やしたあごひげは白く、目尻にもしわが寄っていた。だが何より特徴的なのは、その男が車椅子に乗っていたことだった。

「……失敬。生憎、見ての通りの足なので急には止まれないのだ。できれば、私のよう

な弱者にも優しい政治を願いたい。もちろんこの先、あなたにその機会があればの話だが」

車椅子の上から睥睨するようにこちらを見つめながら、そんな皮肉を口にする。

「き、貴様は……」

嵐崎との間に割り込んできたその男の存在に衝撃を受け、早乙女が立ち上がることも忘れていると、

「――早乙女先生。どうかなさいましたか」

そこへ、さらに別の男が声をかけてきた。メタルフレームのスクエア眼鏡をかけたシャープな顔立ちの三十代で、どこか堅物めいた雰囲気を漂わせている。自栄党衆議院議員の長谷猛だった。

「……長谷」

早乙女は、ぎり、と奥歯を噛む。

「参じるのが遅くなり、申し訳ありません。思いのほか勉強会が長引きまして」

転倒し、床に座り込んだ早乙女に、長谷は身をかがめ、手を差し出してくる。しかし、早乙女はその手を取ることはしなかった。屈辱だ、というのもある。だが一番の理由は、その長谷の後ろに、第二秘書の那須野が控えているのを見つけたからだ。

もちろんそれ自体はおかしなことではない。ただその構図が、早乙女の脳裏に、まさ

か、という思いを閃《ひらめ》かせた。

「ま、待て、あり得ん……。まさか……」

「あれ？　とっくに気づいていると思っていましたが」

朗らかな声に、引きつらせた顔を上げる。声の主は嵐崎だ。口の両端を上げてこちらを見ながら、優男は言った。

「そう。お察しの通り那須野さんは、実は長谷先生のことをこれっぽちも裏切ってなんかいません。あなたに情報を流したのは、すべて私がそうするよう頼んだからです」

「な、なんだと⁉」

衝撃が全身を貫いた。

一体なぜ。そんな疑問が湧いたが、早乙女は即座にその答えにたどり着いた。

嵐崎はやはりこちらの思考を読んだかのように、ええ、と頷き、

「あなたのＰＣにログインするためには、どうしてもＵＳＢキーが必要でした。だが肝心のキーは常にあなたが肌身離さずいて、盗むどころか近づく隙すらない。だから、餌を撒いたわけです」

「……え、餌だと」

「その通り。那須野さんに裏切った振りをしてもらい、あえてこちらの情報を流しました」

嵐崎は笑みを浮かべ、続けた。

「あなたは見かけによらず、とても好戦的だ。互いの身の破滅を賭けたゲーム——まして相手がジャバウォックと縁のある私となれば、必ず顔を見に出てくる。そう踏んでいました。さすがに総裁選の日程を早められるとは思わず、それだけは計算外でしたが……まあそれも、私の信頼できる仲間たちが綺麗に穴を埋めてくれた」

早乙女ははっとして辺りに目を向ける。

いつの間にか自分の周りには、何事かという好奇の目をした客たちがちらほらと集まっていた。しかしその中に、明らかに別の意思を持った視線がいくつか紛れ込んでいることを、早乙女は感じ取った。

こぶしを震わせる。

……馬鹿な。馬鹿な馬鹿な馬鹿な。ではホテルに部屋を取っていたことも、それをバラしたのもすべて計算ずくだったと？　嵌めていたつもりが、嵌められていたと？　こんな青二才やその連れごときに、この私が？　あり得ない。そんなこと、断じてあっていいはずがない！

「あとは事前にペントハウスに侵入して、あなたがホテルにいるタイミングでＰＣのロックを破るだけです」

「で、では、それをパーティーに合わせたのは……」

「でないと、狭くて暗いエレベーターの上で、あなたがホテルにやってくるまでずっと待っていなくちゃいけませんからね」

抜け抜けと肩をすくめる嵐崎に、早乙女は怒りで目の前が真っ赤に染まった。

「貴様ら……そんな理由で、この晴れの日に……」

長谷が立ち上がった。

「早乙女先生、どうぞお立ちを。パーティー会場に戻られなくては」

そんなことは言われなくてもわかっていた。いい加減、周囲も自分たちの異変に気づき、訝しみ始めている。

しかし、それでも早乙女は立ち上がれなかった。膝に力が入らないのだ。真っ赤に染まっていたはずの目の前が、今度はみるみる黒く染まっていく。

……負けた？　負けたのか、この私が？

肩が揺れた。なぜか低い笑いが口元から衝いて出る。

周囲がますますざわめく中、嵐崎と長谷は顔を見合わせた。長谷が口の端を上げると、嵐崎は肩をすくめてみせる。

「――行くぞ、那須野くん」

「は、はい！」

長谷は踵を返し、那須野がそれに続いた。

「では、私たちも行こうか」

嵐崎も踵を返す。車椅子の男もだ。それに合わせて、周囲の人だかりから何人か動く気配がした。

ふと、

「――父親の借り、たしかに返させてもらいました」

早乙女の耳にそんな声が届いた。しかし、声の主がどこにいるのかはわからない。そもそも本当に聞こえたのかどうかすら曖昧だ。わからない。もう何も、わからなかった。

「……待て」

早乙女は笑みを口元に残したまま、こぶしを床に叩きつける。

「……おい、待てと言っているんだ。この私が！」

ホテルのエントランスへ向かう嵐崎と車椅子の男、それに続く何人かの気配に向かって、声を張り上げた。

「待て、ジャバウォック……！」

長谷たちはエスカレーターへ、嵐崎たちはエントランスへ――それぞれ反対方向へと歩いていく中、早乙女はロビー中央で好奇の目を浴びながら、繰り返しその名を叫んだ。

3.

エントランスの自動ドアをくぐる前に、因幡は一度だけロビーのほうを振り向いた。しかし、すでに早乙女の姿は人ごみに遮られて見えなかった。それ以上こだわることなく、自動ドアをくぐってホテルの外に出る。

ロータリー前の獅子は相変わらずどぼどぼと景気よく水を吐いていた。空気中に舞ったその飛沫《しぶき》が、ライトアップできらきらと輝いている。

因幡が遅れて合流すると、通りに集まった仲間たちは無言で目線を交わし合った。ある者は微笑み、またある者は肩をすくめる。その表情や仕草は様々だ。しかしそこにはともに一つのことをやり遂げた達成感と満足感、そして何より、共犯者同士の奇妙な連帯感があった。これまでに感じたことのない、そのくすぐったいような、酔っているような不思議な気分に、因幡も苦笑をこらえ切れなくなる。

「は、じゃあな。俺はもう行くぜ」

口元を曲げた祢津は、そう言って車道脇に停めていたトラックのほうに向かう。そのトラックの荷台には、メルセデスが積載されていた。

嵐崎が笑顔で言う。

「助かった。また頼むよ、敦」

「てめえ、誰が――」

言い返そうと振り返った祢津は、しかし因幡のほうを見て口を閉じた。代わりに鼻を鳴らし、考えといてやるよ、と言う。

「あの！　本当にありがとうございました、祢津さん！」

因幡が頭を下げると、祢津は振り返ることなく手をひらひらさせながら去っていった。

仕事が終わればそれまで。その背中を、因幡は素直に恰好いいと思う。

「じゃあ、僕も行くとしようか」

平家もそれに続く。因幡は頭を下げ、

「平家さんも、ありがとうございました！」

「真さん、また頼りにしています」

平家は肩越しに微笑むと、

「報酬の振り込みは早めに頼むよ。知っての通り、一文なしなんでね」

そう冗談めかして応じ、ノートPCを小脇に抱えて歩いていく。

苦笑した因幡は、やがて、最後に残った人物に目を向けた。

底畑は相変わらず不機嫌そうな表情を浮かべたまま、ゆっくりと車椅子を前進させた。

嵐崎と因幡の横を通り抜けながら、独り言のように言う。

「……実に危なっかしい仕事だった。が、初めてにしてはそれなりによくやった、と言っておこう」

珍しく労いめいた言葉を残し、そのまま場をあとにしようとする。因幡は弾かれたように声をかけた。

「――あ、あの！」

訊きたいことや言いたいことは、それこそ山のようにあるはずだった。どうしてここに。なぜ自分たちに協力を。本当のことを伝えなかったのはどうしてなのか。

ただそのどれもが言葉になることはなく、代わりに口からこぼれ出てきたのは、こんな一言だった。

「……元気で」

底畑は振り向くことはしなかった。ただ車椅子を止め、その場に静止した。

その背中が何か言いたげに感じられたのは、因幡の勘違いだろうか。

底畑は結局何も言わず、帽子を目深にかぶりなおすと、ゆっくりと因幡の元から去っていった。

因幡は無言のまま、そんな父親の背中を見送った。

「――いやあ、一体いつから気づいていたんだい、青年？」

……まったく、この人は。

騙していたことなどまるで悪びれる様子もない嵐崎に、因幡はため息をつき、

「……ペントハウスに侵入しようとホテルの外壁を登っているときに、なんとなく」

自分が自分でなくなり、思考と動作が一体になったようなあのとき、まるで意識していなかったはずの情報の断片が、頭の中を奔流となって駆け抜けた。

——そうか。そういうことか。まったく、どうしてこんな簡単なことに気づかなかったのだろう？

あのときはそう思えたが、今となっては、むしろどうしてあんな切羽詰まった状況でそんなことに気づけたのかと我ながら首を捻ってしまう。

「なるほど。緊張で集中力が高まっていたときに断片情報から察したのか。青年。君、今度から学校のテストも壁を登りながら解いたらどうだい。きっと満点が取れるはずだ」

「……そんなことさせてくれるわけないじゃないですか」

再度ため息をつき、

「大体、何なんですか。あの底畑治郎って名前」

その質問には、嵐崎も苦笑してみせた。

『底畑治郎』

その名前は、アルファベットに直して並べ替えてやると、

SOKOHATAJIRO

KOHJIROASATO

『神代麻人』になる。最初に気づいたときは、あまりにもくだらない仕掛けに、ただの偶然じゃないかと疑ったぐらいだ。

「麻人さん本人が、そう望んだんだよ」

嵐崎は肩をすくめた。

「早乙女に裏切られ、後ろ盾を失《な》くした。それだけならまだ挽回《ばんかい》の余地はあったかもしれないが、病気になって足を悪くし、泥棒としての仕事もできなくなった。家族とは二度と表立って会えないし、一緒に暮らすこともできない。それなら、いっそ死んだと思われたほうがいい、とね。……ただ、それではあんまりだと私は思った。だから、その意向に反しないぎりぎりのやり方で、君と会わせてみることにしたんだ」

「……孝行息子ですね、嵐崎さん」

「君ほどじゃないさ」

嵐崎はチェスターコートのポケットに手を入れ、ぶらりと歩き出した。因幡もその背中についていく。すぐそばに水場があるため、夜気はよりいっそう冷たい。だが、寒くはなかった。盗みの間、ずっと身体中を支配していたあの熱が、まだ胸の奥に熾火《おきび》のように残っていたからだ。

「……今、挽回の余地はあるって言いましたけど、泥棒を続けられてれば、それもできたんですか」

嵐崎はすぐには答えなかった。

「答えそのものは、できる、ということになる。現状、麻人さんの正体を知っている人間が、政財界にはまだ何人かいてね。早乙女と同じように、彼ら全員の口をきっちり閉じさせる保証を得られれば、あるいは――」

「それじゃ！」

「だが」

嵐崎は、因幡の機先を制するように言った。

「それは、本当に困難な道だ。生半可な覚悟では到底成し遂げられないだろう」

「でも、嵐崎さんはやるんですよね」

通りに出たところで立ち止まった嵐崎は、因幡のほうを見つめた。因幡も、嵐崎のことをまっすぐ見返す。

因幡にはもうわかっていた。神代麻人に憧れ、そのためにこれだけのことをしてしまうこの人なら、きっとこの先も同じことを続けるはずだ、と。

「……本当にいいのかい？　私は無理強いはしないよ」

因幡は小さく目を逸らし、今一度自問自答する。

因幡にとって何よりも大切なもの——それは家族だ。そして自分にとっての家族とは、これまでは母の有子のことだった。だが、自分の父親が関係しているというのなら、これもまた家族の問題だろう。

それに——

因幡が無言で頷くと、嵐崎は微笑みながら、そうか、と目を伏せた。

「ありがとう。君がいれば百人力だ。麻人さんも喜ぶだろう」

「いやまあ、それもありますけど……」

因幡は目を逸らしたまま頭を掻いて、

「嵐崎さんが僕の父に育てられたのなら、僕たちは……一応兄弟みたいなものじゃないですか」

嵐崎の虚を衝かれたような顔を見るのは、それが初めてだった。

猫のような目を見開いていた優男は、しかしすぐに口の端を上げて片目を閉じ、

「……またまたそんなことを言って。本当は、ちょっと盗みが楽しくなってきたんじゃゃ

ないのかい？」

「……そんなわけないじゃないですか」

因幡は再び目を逸らす。嵐崎は笑うと、

「では、やはりこれは君が持っておくべきだ」

コートのポケットから、例の懐中時計を取り出した。

因幡は差し出されたそれを、ややあってから今度は無言で受け取った。そして、目の前にそびえるクイーンズタワーを見上げる。

屋上から眺めた、まるで世界のすべてをそこに納めたかのような美しいあの景色は、今もはっきりと目に焼き付いている。

「…………」

嵐崎への返事は嘘だ。

楽しかった。

これまで味わったことがないほどに。

ふと、

――せいぜい楽しめ。

ろくでもない泥棒の父親からのそんな言葉を思い出し、因幡は少しだけ笑うと、鎖を小さく鳴らしながら懐中時計をポケットにしまった。

EPILOGUE

十二月一日、日曜日。

昼も遅くに起き出してきた因幡が、卓の前であくびをしながら二人分の納豆を掻《か》き混《ま》ぜていると、テレビに映っていたニュースがある話題を報じた。

自栄党の総裁選に出馬すると見られていた早乙女巌が、急遽その意思がないことを表明したのだ。新総裁、そして新首相間違いなしと目されていた大物の突然の方針転換に、党本部は上を下への大騒ぎになっているらしい。

『大本命の辞退で既定路線から一転、次点候補たちの四つ巴《どもえ》の争いになるわけなんですが、現状まるで読めない状況ですね』

汁椀《しるわん》を手にそれを見ていた母の有子は首をかしげ、

「急にどうしちゃったのかしらね、早乙女さん。健康面に不安でもあるとか？」

「さあ……」

人生でもっともハードだったここ二日間の疲労を引きずりながら、半分眠った状態で返事をした因幡は、ねぎの入った納豆を白飯にかけた。ややあってから、あ、と思う。

「……あのさ。ひょっとして、早乙女が立候補取り下げたらまずかった？」

「え？　どうしてよ」

「いやだって、前に株がどうとかって言ってたから」

「ああ、ううん。それは全然大丈夫」

母も納豆をかけながら言う。

「っていうか、因幡に変な先入観持ってほしくなかったから言わなかったけど。そもそも私、この人なんか好きじゃないのよね」

因幡は、そっか、と頷き、安心して白飯を頬張った。


その翌日、因幡が二時間目の『倫理学Ⅰ』の講義を終え、キャンパスの学食で親子丼を食べていると、

「――やあ青年」

そう朗らかに声をかけられた。確認するまでもなく嵐崎である。というか、すでに入り口のほうからこちらにやってくる姿には気づいていた。

「……嵐崎さん。ひょっとして暇なんですか」

「これは心外だ。今日も朝から講義をこなして、教授のお使いを済ませたところさ」

どうやらまだしれっと助教を続けているらしい。まさか、このまま城翠大に居座る気なのだろうか。

嵐崎は向かいの椅子に許可なく座った。因幡はその背後を見て、言う。

「あの、なんだか騒がれてるみたいですけど……」

学食の入り口では、一緒に学食に来たらしい女子たちがいた。これまで接することのなかった因幡と嵐崎が、突然親しげに話し始めたのを見て、何事かとささやき合っているのが見て取れる。

「噂になってしまうねえ」

嵐崎はそう冗談めかし、

「ところで噂といえば、昨日からやはり話題になっているようじゃないか」

「早乙女のことですか？」

朝から晩までテレビはその話題ばかりで、因幡はたった一日で早くも食傷していた。

「いや、こちらのことさ」

嵐崎はスマートフォンを取り出し、因幡によこす。箸をくわえてそれを受け取った因幡は、思わず顔をしかめてしまった。

「うわ……」

表示されていたのは大手の動画サイトだった。黒いコートにバイザーで顔を隠した男が、メルセデスの後部に乗り込み、車輛三台から逃走していく様子が映っている。通行人が撮影したものだろう。光量が足りない上にカメラの手振れもひどく、せいぜい輪郭程度しかわからないが、明らかに一昨日の因幡自身だった。はたからどう見えているのかを目の当たりにして、今更ながら恥ずかしくなってくる。

コメント欄では、この日クイーンズタワーでは早乙女のパーティーが開催されており、早乙女の総裁選出馬取りやめと、この謎の人物は何かしら関係があるのでは、という指摘がされていた。そしてそれに、『これって〝ジャバウォック〟じゃないか？』というコメントが付き、そこからジャバウォックの解説や過去のニュースへのリンクを張る者が現れ、以下『ジャバウォック復活！』『いや別人だろ』といったやりとりに発展していた。

マスコミが、わざわざこの程度の映像を根拠に早乙女失脚と関連付けるとは考えにくい。が、以後騒ぎが大きくなれば、必ずしもその限りだとは言い切れない。

ため息をついた因幡は、嵐崎にスマートフォンを返した。とりあえず深く考えないことにしよう——そう決める。

「それで？　今日は何の用なんですか？」

「用がなきゃ来ちゃいけないのかい？」

「いや……別にそんなことはありませんけど」

「まあ用はあるんだがね」

半眼になる。親子丼を平らげてから訊いた。

「――いつですか」

「再来週の土曜だ」

「場所は？」

口の両端を上げ、嵐崎は言った。

「君のご希望通り、また高いところさ」


そして、週を跨《また》いだ土曜日の午後八時。

因幡は池袋にある地上三十階建てのビルの屋上にいた。

「――だからな、そのエアロがもう廃番で、よそに流れたら二度と手に入らないかもしれねえんだよ。けどこの前こいつのエンジンを載せ替えて、あちこち手も加えたばっかなんだよな。来月にはマンションの更新もあるし。……ああくそ、どうするかな」

「はあ」

「祢津くん。僕も以前、伝説のアシッドフォークバンド、グレイビーズの超希少なオリジナル盤レコードを買い逃して後悔したことがあってね。そのときにこう学んだよ。迷ったときは借金してでも買え、とね」

「そうか。やっぱそうだよな！」

「……いやあの、平家さんはもう少しだけ迷うことを学んだほうがいいと思いますけど」

耳に装着したインカムから聞こえてくる祢津と平家のやりとりに応じながら、黒いボディースーツを着込み、ブーツに足を通す。

「は、しかし土曜の夜だってのに、男四人が雁首《がんくび》そろえて何やってんだかな。誰も予定はなかったのか？」

祢津が鼻を鳴らした。今頃ビルの裏手に停めたメルセデスの運転席で、シートを全開でリクライニングさせ、頭の後ろで手を組んでいるのだろう。

「はは、生憎ね。そもそも僕は曜日感覚が希薄な性質だ」

キーボードを叩く音をBGMに平家が答える。こちらは近くのファミレスでノートPCを開き、標的となる現場のシステムに侵入を試みているはずだ。

因幡はコートを羽織ると、グローブをはめながら言った。

「僕は一応あったんですけどね」

「お、なんだ？」

「課題です。提出、月曜ですから」

「真面目か！」

祢津のわめきと平家の苦笑のあと、インカムから嵐崎の声が聞こえてきた。

「——さて皆、忙しかったりそうでなかったりする中、集まってくれて感謝するよ」

好意的だったりそうでなかったりする返事が口々に上がる中、嵐崎は続けた。

「事前にメッセージで送った通り、今回侵入するのは《GNG総研》本社ビルだ」

ビルの屋上縁、パラペットの上に立った因幡は、路地を挟んだ向かいにそびえる地上二十七階建てのビルを見やった。あれが、その目標の本社ビルらしい。

「そのGN……って、どんな会社なんですか？」

「GNGは総務省から受注した情報インフラシステムを開発、運用している企業だ。ただ社長を含む一部の役員が、国民の個人情報を勝手に売買しているらしい。そうして得た金が、現金で本社にプールされているそうだ。今回は、それを丸ごと盗み出す」

「現金っていくらぐらいだよ」

「およそ二億というところかな」

相変わらず金銭感覚が崩壊しそうな額に、因幡はため息をついた。バイザーを上げたまま装着しながら訊く。

「でも、ここからどうやってあのビルに侵入するんですか？」

彼我の建物の距離は、目測で五〇メートルはある。屋上の高低差を加えれば、さらにもう一〇メートルは延びるかもしれない。

「バッグの中を見てくれたまえ」

因幡はパラペットから降りると、スーツとともに渡されていた黒いボストンバッグを開いた。中から出てきたのは、一抱えもある長大なライフルだった。ただしその銃砲は、こぶしを押し込めそうなぐらいの太さがある。

「……何ですかこれ？」

「索発射銃だ。前回出番がなかったから、ちょうどよかったよ」

「それじゃ、これって」

「ああ、麻人さんから借りてきたものだ」

嵐崎は悪戯っぽい声を出した。

「麻人さんもいたほうがよかったかい？」

「……別にそんなこと一言も言ってないじゃないですか」

笑ってみせる嵐崎に憮然としつつ、因幡はスタンバイを開始した。索発射銃の使用方法自体はすでに予習してある。まずバッグの中に用意されていた携帯型エアボンベを、ライフルのソケットに差し込み、固定する。バルブを捻ると、一瞬でシリンダー内部に高圧エアが充塡された。バッグからロープが繋げられたフックを取り出し、それを銃口に放り込む。作業を進める因幡の口元には、いつの間にか笑みが浮かんでいた。

索発射銃を手に立ち上がり、パラペットに足をかける。ストックを肩に当てて、向かいのビルに狙いを定めた。トリガーを引くと、しゅぽん！という音とともに、フックが発射される。夜空高く放物線を描いたフックは見事一発で目標のビル屋上に届き、塔屋の梯子にがちりと引っかかった。

ライフルをバッグに放ると、こちらのロープも手近なポールに結び付ける。それにクライミング用の滑車《プーリー》を取り付け、スーツのハーネスとカラビナで繋いだ。

「スタンバイ完了しました」

祢津が口笛を吹き、平家が手を叩く。よし、と嵐崎は声を出した。

因幡はコートのポケットから懐中時計を取り出した。文字盤で時刻を確認し、

「あの、ところで今夜の仕事って十時ぐらいには終われますか？　僕、帰って課題やらなくちゃいけないんですけど」

「……因幡。お前、これから金盗みに入ろうってときに、気の抜けるようなこと言うなよな」

「いやいや、むしろ大物の素質アリじゃないか」

祢津と平家の突っ込みに、因幡は小さく頭を掻く。そこへ、

「それは君次第さ——因幡くん」

嵐崎が笑って言った。

「では、最終確認を取ろう。ハッカー。防犯カメラの掌握は？」

「ゴーだよ。システム会社のくせに、自分たちのところのセキュリティはザルだね」

「トランスポーター。逃走経路の確認と、新しいエンジンの調整は？」

「ゴーだ。どっちもとっくに終わってるっての」

「ディレクターも、もちろんゴーだ。――アタッカー、ジャバウォック。今夜も楽しめそうかい？」

誰がジャバウォックですか、と言い返そうとしたが、せっかくの集中を乱したくない。懐中時計を閉じ、ポケットにしまうと、バイザーを下ろす。

「ゴーです。まあ、それなりに」

「よし。では行こうか」

無意識のうちに口の端を上げると、夜空の月だけが見つめる中、因幡はビルの屋上を蹴り、虚空に身を躍らせた。

あとがき

　怪盗と一口に言っても古今東西様々なキャラクターが存在するわけですが、個人的に大好きなのが『オーシャンズ11』に代表されるような、おかしな大人たちが集まってあーだこーだ言いながら計画を立て難題をクリアし獲物を盗み出す、いわゆる〝怪盗チームもの〟です。一人黙々と作業するばかりの作家としては、その愉快で洒脱《しゃだつ》なやりとりやズレてるようで息ぴったりな様がひたすら羨ましく、憧れずにはいられません。ただふと考えてみれば、お手元の本あるいは電子書籍は、執筆以外にも、編集、出版、流通、販売――それらに携わった大勢の力を結集した産物なわけで、いわばチームの成果と言えます。いつかそれらすべての方々と、笑いながら手を打ち合わせたいものです。

　本作の主人公の柏手因幡は、やや引っ込み思案で弱気な素人ながら、あるのっぴきならない事情から、プロの泥棒たちとともにとてつもない獲物の盗みに挑戦します。読者の皆様もぜひそれを見届け、チームの一員になっていただけると幸いです。

　――それでは次なる物語にて、再び皆様のお時間を頂戴に上がります。

二〇一九年十一月　久住四季《くずみしき》

<初出>

本書は書き下ろしです。

この物語はフィクションです。実在の人物・団体等とは一切関係ありません。

メディアワークス文庫
怪盗《かいとう》の後継者《こうけいしゃ》

久住四季《くずみしき》

2020年1月25日　初版発行

発行者　郡司 聡
発行　株式会社KADOKAWA
〒102-8177　東京都千代田区富士見2-13-3
0570-06-4008（ナビダイヤル）
装丁者　渡辺宏一（有限会社ニイナナニイゴオ）
印刷　株式会社暁印刷
製本　株式会社ビルディング・ブックセンター

●お問い合わせ（アスキー・メディアワークス ブランド）
https://www.kadokawa.co.jp/（「お問い合わせ」へお進みください）
※内容によっては、お答えできない場合があります。
※サポートは日本国内のみとさせていただきます。
※Japanese text only
※定価はカバーに表示してあります。

Printed in Japan
ISBN978-4-04-913007-2 C0193

メディアワークス文庫　https://mwbunko.com/

本書に対するご意見、ご感想をお寄せください。

あて先
〒102-8177　東京都千代田区富士見2-13-3
メディアワークス文庫編集部
「久住四季先生」係